JOCHEN SCHIMMANG

CARMEN

Eine Geschichte

Frankfurter
Verlagsanstalt

Die Arbeit des Autors wurde durch
den Deutschen Literaturfonds gefördert.

Erste Auflage 1992
© Frankfurter Verlagsanstalt GmbH,
Frankfurt am Main 1992
Alle Rechte vorbehalten
Satz: Photosatz Reinhard Amann, Aichstetten
Druck & Einband: Friedrich Pustet, Regensburg
Printed in Germany
ISBN 3-627-10057-3

CARMEN

ERSTES KAPITEL

in dem Simon in große Gefahr gerät

»... und dann die Frauen, durchaus mein Gebiet, ...
Duft von Nelkenwasser, Wolken von Weihrauchextraits,
Sommerhüte: Stroh und eine Rose aus schwarzem Tüll, –
diese lässigen Etwas, an deren Zutraulichkeit uns soviel liegt.«

Gottfried Benn
Der Ptolemäer

SIMON SIMON dachte sich nichts Besonderes dabei.

Gewiß, bisher war er immer an einen anderen Ort gegangen, mehr als fünfzehn Jahre lang. Er wollte auch nicht sagen, man habe ihn dort nicht zufriedengestellt – ganz im Gegenteil! Die persönliche Atmosphäre, der ganze Service, schließlich die eigentliche Dienstleistung: das alles war immer ganz ausgezeichnet gewesen.

Insofern wurde er jetzt untreu. Aber er konnte nichts dagegen tun: er hatte gerade Lust dazu, unbändige Lust (es war auch mal wieder an der Zeit!), und das Etablissement lag gerade auf dem Weg. Keine Randlage wie das andere, sondern mittendrin: eben war er aus dem Kaufhaus gekommen, wo er ein paar Kleinigkeiten für das Abendessen besorgt hatte. Es war ein schöner Frühjahrstag des Jahres 1989 (»das Revolutionsjahr«), nachmittags um siebzehn Uhr zehn. Simon blieb noch einen Moment draußen stehen und sah durch die Scheibe ins Innere: die Spiegelwände, vor denen die Mädchen sich über ihre Kunden beugten und ihnen mit den Händen durchs Haar fuhren, die Getränke, die gereicht wurden, vorn die Rezeptionistin, die ihre Fingernägel feilte. Er meinte, die Düfte dort drinnen schon riechen zu können. Langsam drückte er die Tür auf und betrat den Salon. Die Rezeptionistin unterbrach ihre Arbeit und sah auf.

Haben Sie Zeit für mich, fragte Simon, oder ist es gerade ungünstig?

Natürlich haben wir Zeit für Sie, sagte die junge Frau, nehmen Sie nur einen Moment dort Platz. Möchten Sie einen Kaffee?

ABER KLAR wollte er einen Kaffee. Zeitschriften warteten auf ihn. Er kannte, was beim Friseur auslag, nichts von Belang. Nichts Ernsthaftes, meinte Simon, nichts, was das Interesse des Archivars auf sich ziehen konnte. Hübsche Fotos zuweilen, ja. Dazu kam Musik aus den Lautsprechern, im Augenblick von ... Simon Simon kannte sich nicht aus.

Wurde jetzt auch zum Becken geführt. Von einer jungen Friseuse, Auszubildende vermutlich, die ihm perlweiß zulächelte und ihn kohlschwarz anblitzte. Der folgte er durch den halben Salon, verschlagenen Atems. Wie herrlich aufrecht sie sich hielt, wie schön ihre halbnackten, straff zurückgezogenen Schultern schimmerten! (Olivfarben? Tabak?) Wie ihre großen güldnen Ohrgehänge unterm Halogenlicht blitzten!

Vor vielen Jahren hatte er das Gelübde abgelegt, sich niemals hinreißen zu lassen.

Nun legte er den Kopf nach hinten und schloß die Augen, wie immer. Hörte, wie sie das Wasser einstellte, spürte, wie sie ihm ins Haar griff.

Isdaswássersoángenem: sie. (Mit Akzent? Mit Akzent!) .
Könntnbißchenwärmersein...: er.
Dann wühlte sie in seinem Haar (das einmal braun gewesen, nun aber mehr und mehr von grauen Strähnen durchzogen war). Er fühlte den kräftigen Druck ihrer Fingerspitzen auf seiner Kopfhaut, und ihr Geruch!... Was war das? Nichts allzu Edles, nichts Distanzierendes, ein bißchen wild eher, eine Spur ordinär: eine wohlkalkulierte Spur. Was war das? Er kannte es, doch kam nicht auf den Namen.

Simon Simon, aber das war ein Geheimnis, hatte eine gute Nase.

Sie griff jetzt — nach dem zweiten Durchgang — zum Handtuch und malträtierte ihn kraftvoll. Soo!: das kam fröhlich, und sie war ihm jetzt so nahe ... Früher wuschen sie von der Seite, dachte Simon, und kamen viel näher!

Kommen Sie mit, wir gehen jetzt wieder:»an den Platz«, ergänzte Simon still für sich, bevor sie es aussprechen konnte. Dieser Ritus war ihm bekannt.

»Am Platz« kämmte sie ihm das Haar nach hinten; die Kaffeefrage kam. Er habe schon einen gehabt, sagte Simon. Wollte er etwas zu lesen haben? Bei dem ganzen Dialog sah er ihr Spiegelbild, in der Halbtotalen, hinter seinem eigenen.

Ja, lesen wollte er. Vielleicht ... vielleicht (er hatte ihn vorhin gesehen) einen Playboy? Das kam ganz nebenher, als verlange er den immer. Sie ging dieses beliebte Periodikum holen und reichte es ihm, Titel voran, ihm entgegenspringend, und die Botin perlweiß lächelnd, kohlschwarz blitzend, schulterschimmernd. Simon errötete, schlug die Augen nieder und wußte, daß er ein Idiot war.

Mario wird gleich kommen, informierte sie ihn, allerbester Stimmung, und zog ab.

Mario! – Simon nickte, bedankte sich, wandte sich ab und verzog das Gesicht.

MARIO KAM, ganz der junge Schnösel, den er sich vorgestellt hatte, oder? Er sah lieber nicht hin, am Ende war er ihm noch sympathisch. Mario: Was machen wir? (und ordnete noch einmal Simons halbtrockenes Haar).

Was machen wir?: ach, würde *sie* mich das doch fragen, dachte Simon, und er konnte nicht einmal antworten: »wie immer«, wie er's in seinem alten Etablissement tat. »Wie immer« konnte hier noch nichts bedeuten. Simon mußte erklären, also: kurz an den Seiten und hinten, das Deckhaar länger lassen, alles nach hinten und verdammt noch mal keinen Scheitel, Stirn frei: verstanden, was ich will?

Wahrhaftig, bei der Arbeit setzte Mario die sattsam bekannten Dialoge in Gang, die Simon befürchtet hatte: ob er schon im Urlaub gewesen sei, in diesem Jahr, und wenn nein, wo es denn hingehen solle?

Als ob dies für ihn, Simon Simon, jemals von In-

teresse sein könnte! Gewiß, er war im Lauf seines
Lebens (»Lauf seines Lebens«: es war doch hoffentlich noch nicht vorbei?) hierhin verschlagen
worden und dorthin, hatte deshalb Budapest ebenso gesehen wie New York, auch einmal Badeferien
an der Ostsee zugebracht, war bis Tanger gekommen und mit der Eisenbahn von Oslo nach Trond-
heim gefahren: eine unerklärliche Abfolge von
Zufällen, die reine Kontingenz, soweit das Auge
reicht. Wie zum Teufel sollte er wissen, wohin es ihn
in diesem Jahr verschlug, wenn überhaupt irgend-
wohin? Die Welt, das war eine Einrichtung für die
anderen. Er ließ sich nicht hinreißen: niemals, niemals, niemals.

TELEFON! FÜR CARMEN!

Sofort ist Simon ganz Aufmerksamkeit in Richtung Rezeption, läßt Marios Urlaubserzählungen
souverän an sich vorbeilaufen. Denn Carmen: das
könnte *sie* sein. Sieht schon so aus. Er versucht, im
Spiegel die Lage zu erfassen: leider verdeckt der Figaro einen großen Teil des Rückraums. Dennoch
sieht er die Gerufene zur Rezeption eilen, und er hat
recht gehabt: es ist tatsächlich die Schöne, die ihm
das Haar gewaschen und die Kopfhaut massiert
hat.

Jetzt hätte ich so gern einen Kaffee, seufzt Simon, der Listenreiche, und Mario eilt nicht gerade,
aber setzt sich doch in Bewegung, ihn zu holen. Er
hätte sonst sicher Carmen damit beauftragt, aber

13

sie telefoniert ja gerade. Nun ist der Rückraum ganz freigegeben und die Tonspur des Figaros vorübergehend gelöscht: nun kann er der schönen Haarwäscherin zusehen und ihren Äußerungen lauschen.

Die recht einsilbig sind. *Ja*, sagt sie zum Beispiel, und *aha*, und *na klar*, im Repertoire ist auch *kein Problem*, und ganz zum Schluß kommt etwas, das Simon unerklärlicherweise tief trifft: *also bis nachher*, und kurz darauf noch: *ich mich auch*. Er hat sie ja auch dabei gesehen: ihre Einsilbigkeit war keineswegs der Ausdruck einer ausgeglichenen Gemütslage, wenn er den ständig wippenden Fuß richtig deutete und die voluminöse Atmung, dazu noch das Fingertrommeln auf den Tisch der Rezeptionistin, bis diese ihr die Hand wegschlägt.

Privatgespräch: folgert Simon mit dem ihm eigenen Scharfsinn. Des Kommentars der Rezeptionistin – ist sie eigentlich endlich fertig mit ihren Fingernägeln? – über den Liebsten, der ein bißchen häufig hier anruft und die Leitung blockiert, hätte es nicht bedurft, um Simon ins Bild zu setzen. Carmen zieht beleidigt ab, den Becken entgegen, wo ein neues Haupt auf sie wartet, ein weibliches diesmal, Beamtengattin, Höherer Dienst: tippt Simon, selbst Höherer Dienst, Avierzn, endlich, nach langer langer Wartezeit. Endlich kehrt Mario zurück, den Kaffee balancierend. Tut mir leid, hat ein bißchen länger gedauert, mußte noch durchlaufen, der Kaffee: mit verbindlichem Lächeln.

Du hast mal eben eine geraucht, denkt Simon und sagt: Macht doch nichts, ich habe Zeit. Muß ja heute nicht mehr arbeiten. Im Gegensatz zu Ihnen, haha.

Eine gelungene Bemerkung und Themenwechsel in einem: vom Urlaub zur Klage darüber, wieviel man doch arbeiten muß. Das ist gefahrloses Terrain, da kennt Simon sich aus, da sind ihm alle Sprüche geläufig.

DANN HATTE ER sie vergessen.

Träge plätscherte das Gespräch mit Mario dahin, ein Bächlein zuerst und dann ein Rinnsal. Am Ende war nur noch Scherengeklapper zu hören und deutlicher wieder die Musik, von ... Simon kannte das, aber kam nicht auf den Namen. Langsam verfiel er in Traum und Trance: Bilder ohne deutliche Konturen, Gedanken ohne scharf umrissenen Inhalt. Nackte Schultern und Stücke aus der Archivgeschichte, unterschiedslos, im angenehmen Gleichmaß, zogen vorbei an seinem ... Geist?

Bis sein Kopf von allen Seiten bespiegelt wurde: Simon nickte und bejahte, so sei es richtig, sagte er, denn das sagte er immer.

Er hatte Mühe, aus Traum und Trance wieder emporzusteigen. Auf dem Weg zur Kasse ein Blick nach draußen: abendliches Sonnenlicht, vorbeiziehende Menschen, noch immer ein schöner Frühjahrstag des Jahres 1989. Süßer Friede frühen Abends, nur das Glockenläuten fehlte.

Nach einer Spardose suchte Simon, oder einem Schweinchen für die Trinkgelder, mit dem Namen Mario. Wir teilen es uns brüderlich, klärte ihn die Rezeptionistin auf und schob ihm ein großes Sparschwein entgegen. Und was ist mit den Schwestern? überlegte Simon. Gleichviel, er brachte zwei Silbermünzen zum Opfer, für Mario eine und eine für ... sie.

Die er aber doch schon vergessen hatte, die ganz und gar aus seinem Sinn war: aber nun kam sie auf ihn zu, strahlend (»wie die Weiber und die Katzen sind, die nicht kommen, wenn man sie ruft, und kommen, wenn man sie nicht ruft«), und sagte: Sie haben Ihre Tasche vergessen.

Oh! antwortete Simon, stand mit hängenden Armen vor ihr und machte keine Anstalten, ihr das schwere Gepäck, seinen rechtmäßigen Besitz, abzunehmen. Als er's dann tat, nun auf dem Gipfel seines Ungeschicks, purzelten die Orangen heraus und kullerten über den Boden, und zur gleichen Zeit gingen Simon und Carmen in die Knie, um sie aufzusammeln. Er versuchte einen Scherz zu machen, ein kleines Lachen zu intonieren, aber es kam nur ein gepreßtes Meckern über sein Ungeschick heraus, und er brauchte nicht in einen der reichlich vorhandenen Spiegel zu sehen, um zu wissen, daß er nun einen hochroten Kopf hatte, die Ohren eingeschlossen. Die Haarwäscherin dagegen lächelte ihm noch einmal zu – er übersah nicht die hauchfeine Spur von Spott dabei – und verschwand wieder in der Tiefe des Salons.

Betäubt und beschämt, mit seiner Tasche in der rechten Hand, trat Simon auf die Straße, wo ihn das Licht empfing, eine überraschende Wärme, das Summen und das Gelächter, kurz: ein überhaupt nicht mehr schöner Frühjahrstag des Jahres 1989.

ZWEITES KAPITEL

in dem Carmen vorgestellt wird

»Habt Ihr schon von der Carmencita gehört?
Die bin ich!«

Prosper Mérimée
Carmen

CARMEN VASQUEZ AUS SEVILLA, Barbierin sozusagen! Jedoch nicht dortselbst, sondern da, wo Rhein und Mosel zusammenfließen, beste Citylage, gehobene Coiffure. Damals, als die tragische Farce, von der hier berichtet werden soll, ihren Anfang nahm, lernte sie noch. Deutsch sprach sie besser als Spanisch, war nämlich dreijährig schon hier heimisch geworden, in der entzückenden kleinen Metropole voll der Archivare und Soldaten, und besuchte die Heimat ihrer Eltern (und ihre, der kleinen Carmen, Geburtsstadt) nur in den Ferien, wie es die Deutschen gern tun. Señor und Señora Vasquez führten einen Lebensmittelladen – einen Lebensmittelladen?: ein Delikateßwarengeschäft, südeuropäisch, Fisch und Fleisch und Obst und Gemüse, Süßes und Sherry, erlesene Weine und spanischen Sekt. Ebenfalls gute Lage und der absolute Geheimtip bei allen, die es wissen mußten, also jedermann bekannt. Das Töchterchen, solange es noch zur Schule ging, half fleißig mit im Geschäft, wollte dann aber eigene Wege gehen und lernte Friseuse: originell. Ein aufgewecktes Mädchen!

Jungens: in den letzten Schuljahren verkehrte sie mit Jungens. Um der Wahrheit die Ehre zu geben: sie waren hinter ihr her. Sie stiegen ihr nach, wenn die Carmencita die Treppen in der Schule hocheilte, im fröhlich-vertraulichen Gespräch mit ihrer Busenfreundin, die leider davon — vom Busen, nicht von der Freundschaft — so rein gar nichts hatte, im Gegensatz zu Klein-Carmen. Sie — die Jungens! — lauerten ihr auf Heimwegen auf, manche gaben sogar vor, im elterlichen Geschäft spanische Orangen kaufen zu wollen. Spanische Orangen: als hätten sie nicht bisher mit dem 2 kg-Netz aus dem Discount Vorlieb genommen! In Cafés umlagerten sie Carmen und Freundinnen in Pulks, flegelten sich über Stühle, rauchten um die Wette, probierten Sprüche aus. Señorita Vasquez, nebst ihren Freundinnen, nahm die als Huldigungen gedachten Unverschämtheiten gelassen entgegen, wenn sie ansatzweise geglückt waren.

Pickelgesichter, die sie über Stuhllehnen hinweg anstarrten.

UM SCHÖN ZU SEIN, muß eine Frau — sagen die Spanier — dreißig »Wenn« in sich vereinen, oder man muß sie, wenn man so will, mit zehn Eigenschaftswörtern kennzeichnen können, deren jedes sich auf je drei Dinge bei ihr anwenden läßt. Dreierlei muß zum Beispiel schwarz an ihr sein: die Augen, die Wimpern und die Brauen; dreierlei fein: die Finger, die Lippen und die Haare; und so weiter.

Carmen Vasquez konnte nicht ganz soviel Vollkommenheit für sich in Anspruch nehmen. Ihre Augen standen etwas schräg, waren aber wunderbar geschnitten; ihre Lippen ein wenig üppig, doch schön gezeichnet; und die Zähne, die sie sehen ließ, leuchteten weißer noch als Mandelkerne. Das Schönste an ihr aber war der Gang: vollkommen aufrecht, den Kopf erhoben, aber nicht wie eine Statue, die Hüften nur sehr leicht wiegend (nichts von Tingeltangel), fester Schritt (nicht trippligsüß), »die Brüste nach vorn wie die Hörner des Stiers«, stolz, stolz, und das mit einer Körpergröße von gerade einem Meter vierundsechzig. Das schlug nicht nur errötende (oder zumindest erregte) Jünglinge in ihren Bann, die mit halbgeöffnetem Mund auf dem Schulhof hinter ihr her starrten, sondern verleitete auch manch alten Bock dazu, einige Augenblicke in – eingebildeten oder realen – Reminiszenzen zu wühlen oder gar, unter dem Vorwand, diese oder jene Kleinigkeit beim Einkaufen vergessen zu haben, ihr diskret und mit nicht mehr ganz so festen Schritten nachzugehen, einhundert, zweihundert, fünfhundert Meter, um endlich fünf Minuten später in einem ganz anderen, völlig unbekannten Stadtteil aus dem Traum zu erwachen.

NICHT ALLE, ob Pickelgesicht oder noch unsicher aufblühende jugendliche Männlichkeit (mit glühenden Wangen und schwergängigem Atem), starrten sie an, belauerten sie oder versuchten gar, ihr mit den Worten »Das ist aber ein schönes Kettchen!« an den Busen zu fassen. Die ganz Schüchternen gab es, die über das Stadium der wuchernden Überlegungen, was sie alles tun könnten, nie hin-

23

auskamen (und wenn doch einmal, dann wurde es wirklich peinlich), sodann die Unempfänglichen, deren Sehnsucht nach dem exzessiven Genuß entsprechender Fernsehserien amerikanisch-sportiv blondiert war, es gab die bereits glücklich oder unglücklich Gefesselten, und es gab schließlich einen Mitschüler namens Gregor Görres, der sich tatsächlich nur um seine eigenen Angelegenheiten kümmerte – von denen keiner hätte sagen können, welche das waren – und der aus eben diesem Grund die Carmencita reizte, reizte, reizte. »Der eine spricht gut, der andere schweigt, und es ist der andere, den ich vorziehe: Er hat nichts gesagt, aber er gefällt mir.«

Der Junge war aber auch ansehnlich und wußte es nicht einmal: wie schön! Ein brünetter Lockenkopf, eine fein gewölbte Stirn, hohe Wangenknochen, Augen, deren Farbe kaum zu fixieren, am ehesten aber grau war – aber was für ein Grau! (Meerestiefen.) Dazu schmale Hände mit langen Fingern und, obwohl Gregor nicht groß war (bedenkt man, wie sehr die Jugend in die Höhe geschossen ist, heutzutage), im Verhältnis zum Körper herrlich lange Beine: ach! Carmen wünschte sich, sie hätte selber solche.

Denn sie war, wie alle Frauen auf der Welt, die schönen aber ganz besonders, mit ihrer leiblichen Erscheinung keineswegs zufrieden.

Gregor (»der Wachsame«) gehörte eigentlich nicht auf diese Realschule, sondern auf die nächsthöhere, ein Junge für die Universität, später einmal, ein so wacher Geist, dazu angenehm im Wesen: fanden die Pädagogen, denn alles Neue erfaßte er schnell (fächerübergreifend, interdisziplinär) und war dennoch nie vorlaut oder gelangweilt oder resistent; der ideale, pflegeleichte Schüler. Wenn die Eltern – einfache Leute – doch ein Einsehen hätten und den Jungen nach Abschluß dieser Schule auf die höhere schicken wollten! (Sie taten es schließlich, nachdem seine pädagogischen Förderer ihm ein Stipendium für ein süddeutsches Internat verschafft hatten, weit weg, das hieß Abschied und entzog ihn dem Zugriff, nicht nur der Eltern. Soweit ist es aber noch nicht.)

Angenehm war der Junge auch im Umgang mit seinen Mitschülern, ebenso pflegeleicht. Nie arrogant oder abweisend oder ungehobelt. Immer antwortete er, wenn er gefragt wurde, und das Erstaunliche war: man hörte sogar auf ihn! Allerdings sagte er so gut wie nie etwas, wenn er nicht gefragt wurde. Ein- oder zweimal in der Pause zog er sich mit den anderen auch einen Joint rein. Ganz angenehm, aber nichts, was ihn länger hätte beschäftigen können. Das schien es überhaupt nicht zu geben.

Aber man wußte ja so wenig über ihn. Wenn man doch wenigstens hätte ahnen können, was hinter der gewölbten Stirn vor sich ging! Das fragte aber keiner, und so blieb er ein Objekt reichhaltiger Phantasien, weiblicher vor allem. Denn es war nicht

Carmen Vasquez allein, die er reizte bis zur Glut, sondern auch die meisten ihrer Freundinnen, Mitkämpferinnen, Konkurrentinnen. Dieses Objekt ihrer Begierde! Das sich überhaupt nicht anstrengte! Nicht über Stuhllehnen hing, keine Sprüche produzierte (seine Verehrerinnen, wenn sie es denn hätten sagen können, hätten gesagt: er benutzt nur eigene Worte), nicht hilflos nach irgendeinem Stück Fleisch grabschte. Der Junge war einfach nur ganz unverschämt bei sich selber. Das können sie schwer aushalten, die Frauen. Das ist das schwerste. Um Gottes willen, kein Wort gegen die Frauen! Aber der Wahrheit die Ehre.

Endlich also fing sie ihn ab nach der Schule, und nur knappe hundert gemeinsame Meter standen ihr zur Verfügung, dann mußte der junge Mann zur Bushaltestelle abzweigen. Zwei Komplimente brachte sie in diesen hundert Metern unter: eins über die Art, wie er einen Streit geschlichtet hatte zwischen zwei Mitschülern, der bösartig zu werden drohte. Natürlich nicht unaufgefordert: Man hatte, bevor es zur Eskalation kommen konnte, wieder einmal ihn gefragt, Gregor, der Teufel weiß warum, denn er hatte mit der ganzen Sache nichts zu tun (Gregor schlug, trat, schubste nicht: ein Lamm).

Ein zweites, kurz vor der Haltestelle, galt dem neuen Pullover, den er trug, einfach und mit viel Geschmack. Einfache Leute, die Eltern, wie gesagt, und gut konnte Gregor im verschärften Moderennen nicht mithalten. Doch wenn er zuweilen Neues trug, war es immer gut gewählt: das gab ihm seine Mitschülerin jetzt zu verstehen und daß die anderen, mit den reicheren Eltern, nur immer alles Neue kauften, ohne zu prüfen, ob es ihnen steht, und daß...

Es war aber hier nicht nur die Haltestelle erreicht, sondern auch der Bus kam mit alles tötender Präzision und Pünktlichkeit, und Gregor blieb nichts anderes übrig, als einzusteigen, ohne etwas gesagt zu haben. Sein Gesicht aber, mit der fein gewölbten Stirn und den Meeresaugen, war von innen rot erleuchtet, auch das noch zurückhaltend, nicht blutorangenrot nämlich, sondern eher lachsfarben, was ihm gleichsam etwas durchschimmernd Ätherisches gab, und die Carmencita, während er schon auf dem Trittbrett an der Fahrertür stand und sich noch einmal umdrehte, die Carmencita war − entzückt!

Entzückt und entschlossen.

DA WAR DIESE KLEINE SCHWÄCHE im Englischen, nicht besorgniserregend eigentlich, aber es hätte besser sein können, man weiß nie, wann man diese Weltsprache noch brauchen kann. Also mußte etwas getan werden, befand Carmen, sehr zur Freude ihrer liebenden Eltern, die den plötzlich erwachenden Eifer ihrer Tochter begrüßten: Schließlich ging es ja auch um ein gutes Abgangszeugnis. Um die Zukunft ihres Kindes! Dafür waren sie auch bereit, einen gewissen monatlichen Betrag einzukalkulieren. Man lebte schließlich nicht bei armen Leuten, wenn die Familie Vasquez auch bei weitem nicht so reich war, wie neidvolle Kunden, selbst nicht gerade aus der Gosse, munkelten. Ehrliche, arbeitsame Händler, nichts von Fünfunddreißigstundenwoche, und dann die Steuern, der Blutsauger Staat!

Auf jeden Fall aber hilft man der eigenen Tochter, zumal wenn sie darum bittet, denn das geschieht selten genug in diesem Alter. Und sie ist doch auch das einzige Kind, Papas Liebling und Mamas unerbittlicher Spiegel.

Da war also, setzte die Tochter ihren Eltern auseinander, zufällig dieser nette Mitschüler, der schon hier und da in den unteren Klassen Nachhilfe erteilte, mit viel Erfolg, wie man hörte, und außerdem könnte er es sicher auch finanziell gebrauchen: Die Eltern, soviel sie, Carmen, wußte (vom Hörensagen, vom Hörensagen), waren wohl nicht gerade reich, die Familie wohnte in der Vorstadt. (»Vorstadt, Vorstadt, du hast eine unruhige Seele wie ein romantischer Spatz.«) Sie habe ihn noch nicht gefragt, aber wenn die Eltern einverstanden seien, könne sie es gleich morgen tun, und sie glaube schon, daß er einwilligen werde.

Nein, seinen Preis kannte sie nicht. Aber er ist ein Schüler, Mama, kein Lehrer, so teuer kann er nicht sein.

Sicher wird er auch hierherkommen, wenn man ihn fragt. Ist ihm vielleicht sogar lieber, zu Hause ist es sicher sehr eng. Nein, so einer ist er nicht, du wirst schon sehen, er hat gute Manieren. (Die Mama hatte zart die Alarmglöckchen läuten hören, und die Tochter konnte einen Anflug andalusischer Röte nicht unterdrücken.)

Ein Heiliger also, murmelte Señora Vasquez.

Das wollte ihre Tochter doch nicht hoffen.

UND AM NÄCHSTEN TAG, unter der einen verbliebenen Ulme des Schulhofs, sagte er ja! ja! ja!

Zum Nachhilfeunterricht, zweimal die Woche. Nannte einen zu niedrigen Preis, den Carmen sofort um fünf Mark nach oben setzte. Das könnten ihre Eltern schon bezahlen.

Drei Tage später erschien er zum ersten Mal und wurde Señora Vasquez vorgestellt, die extra für eine halbe Stunde aus dem Geschäft, wo sie eigentlich dringend gebraucht wurde, nach Hause geeilt war, um den Beschuler ihrer Tochter in Augenschein zu nehmen. Aber dann sah sie den jungen Mann und das lachsrosa überglühte Gesicht, sie sah Carmen, die Gregor betrachtete, während sie ihn ihrer Mutter vorstellte (mit den klassisch einfachen Worten: Mama, das ist Gregor), sie nahm die hinreißende Verlegenheit des jungen Mannes bei der Begrüßung wahr und zugleich das unruhige Stampfen ihrer Tochter auf der Stelle, die geblähten Nüstern, und sie wußte alles, alles.

Und doch nicht alles, denn was Señora Vasquez befürchtete für ihre Tochter, *la primera vez*, das stand dieser nicht mehr bevor, das hatte sie schon hinter sich gebracht, vor Monaten. Nicht etwa mit einem Mitschüler, sondern mit dem Freund eines Mitschülers, der sich bereits ins Erwerbsleben davongemacht hatte und Figaro lernte. Eine Affäre jenseits der Schule und dort nicht registriert. Der Figaro also, selbst nicht mehr unerfahren (dessen hatte sie sich vergewissert, so gut es ging, vom Hörensagen, vom Hörensagen), der Figaro weihte sie ein, zeigte es ihr.

Den hatte sie sich selber ausgesucht, und es fiel ihr nicht so schwer, ihn wieder loszuwerden. Einige Male ließ sie sich abends mit ihm sehen, unter seinen Freunden, sah seinen aufgepumpten Stolz: Sie zahlte ihre Schuld, Tochter von Geschäftsleuten, die sie war. Insgesamt teilte sie viermal das Lager mit ihm — Hans hieß er und sah doch eher aus wie Juan — und lernte, was ihr selbst am besten gefiel und was es war, das ihn um seinen ohnehin nicht übergroßen Verstand brachte. Lernte, wie sie einen vorzeigen müssen, als Trophäe. Wie sie die bewundernden Blicke, die auf Carmens Schultern, Carmens Busen, Carmens Bewegungen gerichtet sind, auf sich selbst beziehen. Lernte, wie Carmen nur sprechen darf, wenn sie gefragt wird.

Lernte, daß ihr das alles nicht gefiel und brach einen Streit vom Zaun, den er nicht begriff, an dessen Ende das *adieu* stand. Die Carmencita verließ, erhobenen Hauptes natürlich, diese Bühne, reicher um mehr als eine Erfahrung.

(Jahre später trafen sie sich wieder und tranken

die von der Konvention vorgeschriebene Tasse Kaffee miteinander, amüsierten sich köstlich im Meer – nein, doch eher im Teich – ihrer Erinnerungen. Beste Freunde, gefahrlos. Der Figaro hatte inzwischen Familie angesetzt.)

THE BLACKBOARD HAS BEEN WRITTEN ON: Auch von Verben mit präpositionalem Objekt wird das Passiv gebildet. Verb und Präposition sind hier so eng miteinander verbunden, daß sie als eine Einheit empfunden werden und einem transitiven Verb entsprechen. Erklärte Gregor in besseren Worten, und seine Schülerin lauschte hingerissen jedem einzelnen davon. The blackboard has been written on: Someone has written on the blackboard.

Jemand hatte tatsächlich an die Tafel geschrieben: Carmen + Gregor (und Herzchen mit Pfeil). In der Pause. Verlegene, auf den Boden gerichtete Blicke, als Gregor (der Wachsame) den Raum betrat, jedoch brüllendes Gelächter, danach Gekreisch, in ansteigender Linie (wie damals, bei den Beatles), als Carmen aus der Pause zurückkam. Sie schleuderte verächtliche Blicke auf die kreischenden Kinder, die albernen, ahnungslosen Kinder. Hätte gern gewußt, wem sie für diesen Schrieb die Augen auskratzen durfte, aber vermutlich war es ein Werk des Kollektivismus. Statt dessen gab sie ihrer Nachbarin, ihrer Busenfreundin, der Vertrauten fast all ihrer Geheimnisse einen schmerzhaften Stoß in die Rippen. Sorry, Miss Flatbreast, du warst gerade in der Nähe. Gregor hatte sich derweil rotohrig in die Hausaufgabe eines Mitschülers vertieft und eilte nicht helfend an ihre Seite.

Nun aber, im Dämmerlicht des fortgeschrittenen Nachmittags, saß er eben dort. Das Aktiv, das Passiv, das Verb mit Präpositionalobjekt.

Hast du das verstanden? fragte er.

Und sie: Ich glaube schon.

Dann habe ich hier zehn Sätze, an denen wir es noch einmal üben können.

Schreiben? fragte Carmen und schlug erschrocken die Augen auf.

Und er: Nein, nein, nur mündlich.

Brav verwandelte sie Satz für Satz vom Aktiv ins Passiv, tadellos, fehlerfrei! So daß ihm am Ende nur noch die Frage übrigblieb, ob sie noch irgendwelche Fragen habe.

Keine Fragen mehr, versicherte Carmen, bis auf die eine: Ob er sie gar zu dumm finde? oder ob sie ihm ein bißchen gefalle? Aber: stotterte Gregor, zu dumm – warum – wie sollte er? Nein, nein: wie gern er zu ihr kommt! Wie gut man sich mit ihr unterhalten kann! Die anderen, denen er Nachhilfe erteilt, sind ja noch Kinder! Dagegen sie! ist ja schon eine – öh…

Eben. Deshalb beugt sie sich jetzt zu ihm und nimmt seinen Kopf in die Hände und zieht ihn zu sich. Er ist so süß, so unendlich süß, wenn er so schwer atmet und besorgt zur Tür schielt.

Keine Sorge, sagt Carmen, ich habe abgeschlossen.

Eine Nachricht, die den jungen Mann auf der Stelle entbrennt. Zum ersten Mal will er so richtig zugreifen, wie die anderen. Langsam, sagt die Carmencita und bremst nicht nur sein Ungestüm, sondern vor allem sein Ungeschick, das sie im übrigen reizend findet, wenn es auch etwas weh tut, langsam, sagt sie: laß mich nur machen.

Und er läßt sie machen und steht bald danach in Flammen, und es dauert lange, bis die Flammen gelöscht werden können.

GANZ KONNTEN SIE NIE gelöscht werden, nur kleingehalten, vor sich hinzüngelnd, und der kleinste Windstoß ließ sie emporschießen. So glühend blühend hatte man Gregor noch niemals gesehen, zum Auffressen: Aber nur *eine* durfte das. Durfte ihn sich zurechtlegen, ablecken, verspeisen und glühte blühte selbst. There's a rose in Spanish Harlem. Carmen + Gregor war nicht länger ein Tafelanschrieb, ein Pausenscherz, eine Teenagerprovokation, sondern: das Traumpaar des Jahres, ach was! des Jahrzehnts (zumindest, soweit der Rhein-Mosel-Raum betroffen war).

Darein hatte sich Señora Vasquez längst geschickt, hatte sie es doch schon bei der ersten Begegnung gewußt: alles, alles! Schnell war sie bereit, den Liebhaber ihrer Tochter (das war er, vor dieser Realität konnte sie nicht länger die Augen verschließen, und hoffentlich paßten sie auf, die Kinder!) als künftigen Schwiegersohn zu sehen. Er gehörte praktisch schon zur Familie. Dünkel kannte sie nicht, Señora Vasquez, obwohl sie aus Sevilla kam! Was tat es, daß Gregor einem armen Hause entstammte? Dafür durfte er Obst mit in die Vorstadt nehmen, soviel er wollte, und die gute spanische Wurst und den herzhaften spanischen Käse. Sie kam nur ein wenig zu oft ins Zimmer, wenn Carmen und Gregor sich mit der englischen Sprache beschäftigten, fragte, ob sie noch dies? oder das? wünschten – bis ihre Tochter eines Tages sie streng darauf hinwies, daß man so wirklich nicht lernen könne. Tief gekränkt zog Señora Vasquez ab und ließ sich drei Wochen nicht mehr sehen im Zimmer ihrer Tochter. Und sie hatte nicht einmal eine Handhabe gegen das, was da vor sich ging, denn Carmens Leistungen im Englischen besserten sich deutlich. Signifikant.

Ruhiger nahm Señor Vasquez die Dinge wahr, und aus größerer Distanz. Der junge Mann war in Ordnung, akzeptabel, sympathisch sogar. Intelligent auch, das mußte man zugeben, dabei aber nicht eingebildet. Ihn freute, daß seine Tochter ein solches Exemplar mit nach Hause brachte, eine solche Trophäe, aber im Vertrauen: alles andere hätte ihn auch gewundert. Seine Tochter! Seine! Denn soviel wollte Señor Vasquez klarstellen, für sich: Carmen war mindestens ebensosehr seine Tochter wie die seiner Frau. Die schien das manchmal zu vergessen. Vielleicht war sie sogar mehr seine Tochter als ihre, denn schließlich war sie Papas Liebling. Papas kleiner Liebling, und sie blieb das auch jetzt, wo sie eine Frau geworden war, denn einsvierundsechzig bleibt einsvierundsechzig. Mit einem Wort: Señor Vasquez fand die Dinge im großen und ganzen in Ordnung. Er neigte von jeher dazu, die Welt in Ordnung zu finden.

VON EINER GEMEINSAMEN FAHRT nach Sevilla war schließlich die Rede, unmittelbar nach Abschluß der Realschule, wenn Papa und Mama Vasquez das Geschäft für vier Wochen schlossen, um zu den Verwandten zu fahren: die hatten sicher auch für Gregor noch Platz. (Wenn seine Eltern nichts dagegen hatten. Aber konnten sie? Señora Vasquez hätte das als undankbar empfunden.) Andalusische Julihitze. Gregor und Carmen (Carmen + Gregor, Herzchen mit Pfeil) in den Straßen Sevillas, und Gregor vielleicht auf der Suche nach der Zigarrenfabrik (denn er hatte natürlich alles gelesen). An den Abenden lange Essen im Familienverband und der gelehrige Gregor (der Wachsame), der schon nach drei Tagen sich soviel Spanisch abgelauscht hatte, um an der Unterhaltung teilnehmen zu können (und der sich selber schon zu Hause in die Grundbegriffe des Spanischen eingeführt hatte). Señora Vasquez hoffte gar in ihren allerfarbigsten Träumen, dort die Verlobung, ja den Termin der Hochzeit der beiden Kinder bekanntgeben zu können.

35

Der Kinder, die hoffentlich aufpaßten, sie machte sich manchmal solche Sorgen.

Das Leben, um einmal, nur einmal diesen unzüchtigen Begriff zu bemühen, das Leben dachte sich andere Geschichten aus als Señora Vasquez. Andere als Carmen auch. Es holte zum Schicksalsschlag kurz vor Ende des Schuljahrs aus. Da war nicht mehr von Sevilla die Rede, nichts Flamenco, nichts Gitanas, nichts Alcazár, sondern von Süddeutschland. Ganz recht: Süd-Deutsch-Land.

Endlich, endlich hatten Gregors Eltern dem Drängen seiner Lehrer, die es ja nur gut mit ihm meinten, nachgegeben. Zwei waren besonders eifrig gewesen. Sein Deutschlehrer nämlich, der sich noch nicht entschieden hatte, ob Gregor dazu berufen sei, die gegenwärtige deutsche Literatur aus ihrem erbärmlichen Zustand zu erretten (der gute Mann schrieb zuweilen Rezensionen für die Lokalzeitung) oder ob er der erste originäre deutsche Philosoph seit Heidegger und Adorno werden würde – und dann der Mathematiklehrer, der weniger Entscheidungsschwierigkeiten hatte und Gregor schon in den Staaten sah, selbstverständlich nur Harvard oder Yale. Vielleicht noch Princeton. Zur Überzeugungsarbeit hatten die beiden sich zusammengetan, und zumal der letztere hatte seine Verbindungen, man weiß nicht genau, welche, spielen lassen, um Gregor ein Stipendium zu garantieren, wenn seine verdammten Eltern nur endlich ein Einsehen haben wollten. Das waren wahrhaft einfache

Leute, und einfältige dazu, die in ihrem Sohn nichts anderes sehen konnten als ihren Sohn, schon gar nicht ein Genie, und sich im übrigen freuten, daß er jetzt ein Mädchen hatte. Die Entscheidung fiel ihnen um so schwerer, als ihr Sohn (»das Genie«) keinerlei Präferenzen äußerte: ihm war es, um seinen eigenen Ausdruck zu gebrauchen, scheißegal, ob er das Abitur machen und auf eine akademische Umlaufbahn geschossen oder ob er einen soliden Beruf erlernen würde (denn Gregor ruhte in sich und seinem Geiste, und die Ereignisse der äußeren Welt, selbst seine angebetete Carmen eingeschlossen, affizierten ihn nicht wirklich). Seine armen Eltern, verwirrter denn je, fragten ihn schließlich: ob er sich denn überhaupt *zutraue*, das Abitur zu schaffen? und Gregor antwortete leichthin: das sei nun wirklich das *geringste* Problem.

Das verblüffte ihre einfachen Herzen, und nach dem ersten Schock holten sie noch einmal den Rat der Lehrkräfte ein: Der war unverändert. Danach sprachen sie erstmals vom »Genie«, wenn auch im kopfschüttelnden Ton. Und sie wollten ihrem Sohn wirklich nichts verbauen, dachten an seine Zukunft, hier unterschieden sie sich nicht von den Eltern Vasquez: Ach, die Elternliebe, sie ist unaufhaltsam und übersteigt leichtfüßig alle Klassengrenzen!

So war es dann doch die akademische Laufbahn, auf die Gregor geschossen wurde, und sie führte zunächst über ein süddeutsches Internat, weit (weit?)

weg von Rheinmosel und Schulhof und Tafelwitz, von Passivbildung und anschließender Passion.

Gregor fuhr nicht nach Andalusien. Nie kam Gregor nach Sevilla. Nie gingen Carmen und Gregor durch die engen Gassen. Nie sah er die Zigarrenfabrik mit dem riesigen Saal, »in den Männer nicht hineindürfen, weil die Frauen, zumal die jungen, sich's bequem machen, wenn's heiß ist.«

Carmen flehte zunächst, und sie wollte ihm übrigens auch keine Steine in den Weg legen, aber konnte er nicht auch hier einiges lernen, das Abitur machen?

Mir ist's egal, sagte Gregor, aber da unten bekomme ich ein Stipendium.

»Da unten!« Wie entsetzlich weit entfernt sich das anhörte!

Dann begann sie ihn zu beschimpfen; dann weinte sie heißeste Tränen; dann zeigte sie ihm die kalte Schulter; dann sagte sie: sie werde, wenn er dorthin gehe, jeden Kontakt mit ihm abbrechen, und er dürfe sie nie wiedersehen, auch in seinen Ferien nicht; dann umschlang, verschlang sie ihn ein letztes Mal, zerzauste seine braunen Locken, ließ ihre Tränen heiß auf seine Wangen fallen, bot ihm ein letztes Mal den Geruch ihres Busens dar, ließ ein letztes Mal die Flamme steil emporschießen, ein letztes Mal, ein letztes Mal, und Gregor, der Wachsame, der Dummkopf, begriff nichts, verstand nicht, daß es nun um alles ging, um Ewigkeit oder Ende.

38

GREGOR FUHR NICHT nach Andalusien.

Gregor fuhr nach Bad Haalem über Wolfach, Hengach, Steiningen undsoweiter: Deutsche Generalkarte, Blatt 28, und bezog dort ein Doppelzimmer mit dem Sproß einer Duftstoffdynastie, ein Jahr jünger als er, der nur ein Thema kannte, in dem er, seinen Geschichten zum Trotz, noch keinerlei praktische Erfahrung hatte, dessen war Gregor gewiß. Der Duftstoffprinz hätte sich im übrigen ruhig einmal die Füße waschen können.

Gregor sehnte sich nach Carmen.

DERWEIL TRAUERTE DIE CARMENCITA versteinerten Blicks in der Julihitze von Sevilla. Die liebende Verwandtschaft machte sich große Sorgen um sie. Mit niemandem sprach sie ein offenes Wort, nicht einmal mit ihrer Lieblingstante oder ihrem Cousin (Julio, genannt der Schöne, der kurz vor der Hochzeit stand).

Señora Vasquez, in ihrer unnachahmlichen Art, faßte die Situation wie folgt zusammen: der erste große Schmerz ihres Lebens. Und grämte sich mit ihrer Tochter und schickte einen dreifachen Fluch gegen den schmählichen Verrat ihres Liebhabers, gegen den Entehrer ihrer Tochter, den Räuber ihrer Unschuld (sie befand sich nach wie vor in diesem Irrtum, und Carmen hielt es nicht für klug, sie über den wahren Sachverhalt aufzuklären: Nicht in allen Fällen ist dieser für Mütter geeignet). Señora Vasquez sah das Gesicht ihrer Tochter bleich und

schmal werden und die einstmals so herrlich leuch-
tende Pfirsichhaut stumpf und glanzlos. Aber so
kommt es, wenn man sich mit Leuten aus der Gosse
einläßt. Nun, vielleicht nicht aus der Gosse: aber
eben aus der Vorstadt.

Señor Vasquez seinerseits konnte zwar verstehen
(im stillen!: er hätte sich lieber die Zunge abgebis-
sen, als es zu verraten), daß der junge Mann nach
Höherem strebte, wenn sich ihm die Chance dazu
bot, aber er sah nicht ein, daß er das Höhere so weit
weg suchte (wer hatte denn schon jemals von diesem Bad Haalem gehört?), und er hielt im übrigen
Gregor schlicht für einen Trottel, ein solches Pracht-
stück wie seine Tochter sausen zu lassen. Eine Beleidigung war es obendrein, wenn er sich's recht
überlegte! – aber das unterließ er lieber, Señor
Vasquez, um der Balance der Welt willen und der
eigenen Seele.

DANN ERFOLGTE DIE RÜCKKEHR an Rhein und Mosel,
bevor die Stammkundschaft sich, der verschlosse-
nen Türen überdrüssig, Alternativen suchte: die es
natürlich nicht gab, der Spanische Laden Vasquez
war, unterm Gesichtspunkt der Qualität betrachtet, kon-kur-renz-los!

Spätsommerliches gewann die Oberhand, die
Stille vor dem Sterben. Carmen – in ihrer schmer-
zensreichen Situation konnte man ihr keinen
Wunsch abschlagen – setzte sich durch, wenn auch
Papa und Mama sich hier ganz einig waren, daß sie

den falschen Weg wählte: Sie wollte Friseuse lernen, also lernte sie Friseuse. Dabei hätte sie Höheres erreichen können, bei ihrem Schulabschluß, ihrer Aufgewecktheit. Aber sie war derzeit nicht gut zu sprechen auf Leute, die Höheres erreichen wollten und darum Verrat an ihrer Liebe begingen. (Da sie stark empfand, standen ihr auch starke Formulierungen zur Verfügung.)

Keine Post aus der Südprovinz, täglich wachsendes Schweigen nur. Unten am Fluß — an welchem? an einem von beiden — im späten September weinte sie ein letztes Mal bitterlich, *filia dolorosa*, auf einer Bank sitzend (nicht auf einem Stein), so daß Passanten innehielten und sie fragten: was...? Die verscheuchte sie fauchend. Verbat sich Belästigungen.

Eine ganze Stunde lang saß Carmen auf der Bank, dann war es vorbei. Langsame Heimkehr in großer Ruhe, in erhabener Resignation, in ruhiger Entschlossenheit. Das machte ihre Schönheit leuchten, als sie wieder in die Stadt einzog, dem elterlichen Geschäft entgegen, und Aufläufe gab es beinahe, Zusammenstöße, atemloses Verharren. Sie richtete sich noch mehr auf, die Brüste nach vorn wie die Hörner des Stiers. Adieu, Gregor, Geliebter, adieu.

IM FRÜHJAHR DARAUF (Ferien, auch im Internat) stand er an der Straßenecke, als sie des Abends nach Hause kam. Arm in Arm mit einem Süßen, den sie Wochen zuvor in der Berufsschule aufgegabelt hatte,

Lehrling des Feintäschnerhandwerks. Gregor im Dämmerlicht, der Schein einer Straßenlaterne fiel auf ihn. Carmen drückte sich enger an ihren Beau, das Gesicht ihrem früheren Geliebten zugewandt, verzerrtes schmerzhaft-triumphales Lächeln, und der Schmerz war größer als der Triumph. Gregor nickte und schlug die Augen nieder, hatte verstanden, war ja nicht doof. Übrigens rauchte er! – das hatte sie an ihm noch nie gesehen, es stand ihm aber gut, und dann trug er einen echt coolen Trenchcoat, für den er sicherlich lange gespart und ihn schließlich mit sicherem Geschmack ausgesucht und heimgeführt hatte. Stand also jetzt in dieser Ausstattung, Zigarette und Trench, unter der Laterne, ein einsamer Schöner, der Schönste aller Schönen, den sie hätte packen und nie wieder loslassen mögen, aber das war nun und für immer unmöglich, und es war nicht sie, Carmen, gewesen, die es unmöglich gemacht hatte. Schon waren sie an Gregor vorbeigezogen, und der machte sich auf den langen Weg zurück in die Vorstadt.

DU WIRKST BEDRÜCKT heute abend, sagte später der Beau zu seiner Angebeteten, mit der nichts anzufangen war an diesem Abend, das schon gar nicht, auf das er sich gefreut hatte. Carmen gab darauf eine äußerst schnippische Antwort, die nicht wiederholt werden soll, und ging zum Angriff über, ergriff die Gelegenheit, den jungen Feintäschner, dessen sie langsam überdrüssig war, endgültig loszuwerden.

Wie sie es, seit Beginn ihrer Lehre – in der sie übrigens reüssierte, ihre Chefin war hochzufrieden mit ihr, was für ein geschicktes, anstelliges, angenehmes Mädchen, sie würde sie übernehmen, wenn sie so weitermachte! – wie sie es also schon gemacht hatte mit: *Mario*, dem Kollegen aus dem zweiten Lehrjahr (jawohl, auch dieser Figaro hieß wieder einmal Mario, der Chronist kann daran nichts ändern), mit *Holger*, mit *Jürgen*; wie sie es später noch machen würde mit *Matthias*, mit *Markus*, mit *Lukas* und mit *Johannes*. Sie hatten ihr alle gefallen, und sie hatte ihnen ihr Gefallen gezeigt, und daraus leiteten sie gewisse Rechte ab, die Carmen ihnen auch, für eine gewisse Zeit, zugestand – aber dann, wenn sie wieder einmal feststellte, daß sie den *einen* noch immer nicht vergessen konnte, mußte sie sie fortschicken. Was sie in der Regel nicht verstanden; der eine weinte, der zweite blieb unangenehm harten Nackens, der dritte sprach schlecht über sie, der vierte beschimpfte sie als Hure. Ach was, das Wort stand ihm gar nicht zu Gebote, er nannte sie gleich eine Nutte.

Niemand war so treu wie Carmen: Das begriffen sie alle nicht. Manchmal, an öden langen Sonntagnachmittagen, trug ihre Treue sie in die Vorstadt, wo sie, in der gelben leeren Straße, oft eine halbe Stunde lang das Haus auf der anderen Seite anstarrte, das leer war, leer für sie, denn *er* war weit weg in seinem Internat.

»Vorstadt, Vorstadt, du hast eine unruhige Seele wie ein romantischer Spatz.«

Dann fuhr Carmen, unter stillen Tränen, in die Stadt zurück, wo die Horde der Freundinnen und Freunde sich im Café traf, um die Freuden der Langeweile miteinander zu teilen. Denen ergab auch sie sich, Carmen, und blieb dabei so treu wie keine, und niemand verstand's.

Dem sie aber treu blieb, den sie insgeheim erwartet hatte in diesem brütenden Sommer, da er doch Ferien hatte, nicht wahr?, der kam nicht. Den hatten sie, als eine Belohnung, für ein Jahr weit weg geschickt: nach Bridgeport, Connecticut, United States of America.

DRITTES KAPITEL

an dessen Ende Simon ein Gelübde ablegt

»Quand il jette en dansant son bruit vif et moqueur,
Ce monde rayonnant de métal et de pierre
Me ravit en extase, et j'aime à la fureur
Les choses où le son se mêle à la lumière.«

Charles Baudelaire
Les bijoux

Gab es je eine glücklichere Kinderzeit als die von Simon?

Ganz unvorstellbar, wie bei jedem: wir alle haben die glücklichste Kindheit gehabt – wenn man uns fragt. Die von Simon: ein schönes Bürgerhaus mit einem großen wilden Garten nah der Weser. Dieser enthielt: einen Kirschbaum, einen Birnbaum, einen Apfelbaum und einen Walnußbaum; Rhododendren, die nach dem Regen krötengrün glänzten; Sträucher, hoch genug, um sich dahinter zu verkriechen; Rosen auch; ein Erdbeerbeet! – viel Rasen und Unkraut, Liegestühle, Sonnenschirme, kleine Tische von abblätterndem Weiß, sirup- und limonadenbefleckt, auf rostigem, aber stabilen Gestell. Zwischen den Beeten krochen Schnecken, die Simons Vater vergeblich bekämpfte, indem er sie mit billigem Bier übergoß. Später, viel später meinte Simon, auch einmal eine Eidechse gesehen zu haben, oder einen Feuersalamander, Lurchig-Molchiges jedenfalls, Reptilienhaftes.

Simon Alleinherrscher! Kein Rivale weit und breit, kein Kampf um Anteile, Erdbeerrationen, Mama.

Mama, die ihm früh vorlas, Märchen aller Art, selbst die aus Tausendundeiner Nacht. Simon zu ihren Füßen, Mama mit müder Stimme, ständig ein wenig erschöpft, und immer lauerte die Migräne.

Mama mit großen graugrünen Augen, immer leicht schimmernd, und mit porzellanener Haut, weiß mit blassem Rosenton. Entzückend, wie Simon fand, und alle Freunde des Hauses dazu. Es gab natürlich Freunde des Hauses: in den Adern von Simons Papa floß das Blut eines Regierungspräsidenten! Man hatte Gäste, man hatte ein Hausmädchen, und zu Gelegenheiten noch gemietete Dienstboten: anders hätte Mama es gar nicht schaffen können. Ein Freund des Hauses kümmerte sich besonders, da Papa öfter dienstlich unterwegs war. Mama war, bei aller angegriffenen Gesundheit, nicht eckig, nicht spitz, nicht knochig; Mama war weich, war sanft, war schwellend wie Simons Garten. Und übrigens sehr gebildet, was alle Freunde des Hauses besonders schätzten. Simons Vater hatte sie damals manchem Rivalen abgejagt — es war Krieg! — und im Triumph heimgeführt, gleichermaßen ihrer Schwellungen wie ihres Geistes wegen.

Simons Kindheit war auch: eine große Bibliothek, die Wände hoch bis zur Decke, Vorkriegsmaße. Zunächst kroch er in den unteren Etagen herum, wählte Bücher ihrer Form und ihres Einbands wegen, lernte an ihnen langsam, noch ehe er zur Schule geschickt wurde, das Lesen. Ordnungsprinzipien, für ihn erkennbare, gab es nicht; wild wie der Garten war die Bibliothek. Seine Lieblingsbücher waren fünf an der Zahl. Wieder und wieder nahm er sie in die Hand, wendete sie, streichelte sie und sprach ihnen zärtlich zu.

Erstens Leonhard von Muralt, Machiavellis Staatsgedanke, von Simons Vater Seite für Seite mit Bleistift behandelt: Kringel, Kreise, Zeichen der Frage und der Betonung, handschriftliche Notate an den Rändern, in einer nur für den Regierungspräsidenten Simon entzifferbaren Mikroschrift.

Zum zweiten das Hohelied, Format 16,5 × 24 cm, mit zwei Illustrationen. Ich vergleiche dich, meine Freundin, einer Stute am Gespann Pharaos. Lieblich sind deine Wangen mit den Ohrringen, dein Hals mit den Perlenketten.

Auguste Renoir, drittens, Das Spätwerk, wuchtig, für das Kind Simon kaum vom Fleck zu bewegen, im Innern viel schimmerndes Rosa.

Nummer vier: Die Blumen des Bösen, Format 16 × 24 cm, mit Zeichnungen eines Künstlers, dessen Namen Simon später vergaß. Zweisprachig. Wenn diese strahlende Welt aus Steinen und Metallen / Mit spöttischem Geklirr lebhaft sich regt im Tanz / Reißt mich Verzückung hin, denn bis zum Wahn verfallen / Bin ich an alles, wo sich Klang vermischt und Glanz.

Fünftens und letztens Die Welt als Wille und Vorstellung, zwei Bände, Frakturschrift, noch schwer zu lesen für den kleine Simon, aber auch diesen Widerstand überwand er. Dasjenige, was alles erkennt und von keinem erkannt wird, ist das Subjekt.

SIE SASSEN AN IHREN AUFGABEN, als der Schuldiener eintrat. Ein kleines Mädchen mit tiefschwarzem

Haar und heller Tabakhaut folgte ihm. Es trug einen roten Rock und eine gelbe Bluse mit schwarzen Punkten, um den Hals ein schwarzes Kettchen und dazu goldblinkende Ohrringe von enormer Größe. Das Mädchen sah tief erschrocken in die Klasse.

Das sei die Neue, erklärte der Schuldiener. Die Familie war vorgestern angekommen, wohnte in einer Notunterkunft.

Sie bekam den letzten freien Platz, weit hinten, auf der linken, der Jungensseite. So etwas wie sie hatte man in der Klasse noch nicht gesehen.

Wie heißt du denn? fragte der Lehrer, der es längst wußte (sie war ihm angekündigt worden), aber pädagogisch begabt war. Das erste Mal konnte man ihren Namen nicht verstehen. Noch einmal, sagte der Lehrer freundlich.

Maria Reinhardt, wiederholte das Mädchen. Ich heiße Maria Reinhardt.

Der Unterricht wurde fortgesetzt. Alle schielten in Marias Ecke. Die Mädchen verzogen das Gesicht, das war ein Urteil, ein vorläufiges jedenfalls. Die Jungen waren etwas ratlos. Die Neue war unruhig, rieb die Beine gegeneinander und versuchte, auf sich aufmerksam zu machen: aber sie saß zu weit hinten. Erst, als die Klasse zu kreischen begann, wandte ihr der Pädagoge seine Aufmerksamkeit zu. Ein kleiner See hatte sich unter dem Pult ausgebreitet, an dem sie saß, und Tränen flossen über ihre Wangen und tränkten die gelbe Bluse mit den schwarzen Punkten. Der Lehrer brüllte die Klasse zur Ruhe und sagte dann freundlich zu der Neuen: Warum hast du denn nichts gesagt?

Ich habe es doch versucht, sagte Maria Reinhardt und weinte noch immer, ich habe es doch versucht.

Jemand von den Mädchen zeigt ihr das Klo, sagte der Lehrer: er fand es den Kindern gegenüber richtiger, Klo zu sagen und nicht Toilette. Und man muß den Hausmeister holen, wegen der ... Pfütze.

Aber die Mädchen kreischten wieder, und keine wollte.

Simon sprang auf und schrie: Ich bringe sie! Ich bringe sie! Die Klasse kreischte noch lauter, als Simon und Maria den Raum verließen. Er hatte sie an der Hand genommen, und sie folgte ihm mit verrotztem Gesicht.

DAS NEUNTE — schon das neunte! — Jahr seines Lebens vollendete sich, zwischen Liegestühlen, Sonnenschirmen, Erdbeerbeeten, unterm Walnußbaum, zwischen Rosen und Schnecken, hinter Buchsbaumhecken. Simon war das Kind einer leidenschaftlich-schlaflosen Septembernacht in einem Wiesbadener Hotel, wenige Jahre nach Kriegsende, und der achtzehnte Mai wurde dann der Tag, an dem er vergebens dagegen ankämpfte, sein warmes weiches Dunkel zu verlassen und das kalte harte Licht der Welt (als Wille? als Vorstellung?) zu erblicken. Er brüllte laut und unablässig. Die Mama wäre beinahe an ihm gestorben. Reden wir nicht drüber, vergeben und vergessen! (Sie erzählte es aber gern: es gehörte zu den heroischen Stunden ihres Lebens.)

Neun Jahre wurde Simon, und neun Gäste kamen in den frühjahrsgeschmückten Garten nah der Weser: sieben Schulkameraden, ein Nachbarsjunge und das kleine Mädchen mit dem roten Kleid und den großen Ohrringen. Simon hatte sich gewünscht, sie einladen zu dürfen, und seine Mama hatte leicht verwundert gesagt: aber natürlich! warum denn nicht? und amüsiert die Brauen hochgezogen. Das war dann etwas, was sich in der Schule herumsprach: Simon Simon hatte zu seinem Geburtstag ein Mädchen eingeladen!

Zehn Kinder also, das Geburtstagskind eingerechnet, und dafür ging es recht artig zu und still, zu still fast, wie Mama für sich befand. Die mitgebrachten Geschenke durfte Simon zunächst nicht auspacken, denn man lädt nicht ein, um beschenkt zu werden, Simon, sondern um zu geben: um seine Gäste zu bewirten. Mit Erdbeertorte und Sahne in diesem Falle, und einem Marmorkuchen dazu. Die Gäste benahmen sich sehr gut: das hatten sie von ihren Eltern aufgetragen bekommen, und die meisten von ihnen waren ohnehin eingeschüchtert durch das große alte Haus mit dem wilden Garten: und die Möbel! die Bücher! die Riesenterrasse! und Simons Mutter!

Auch das Mädchen mit dem roten Kleid war ganz artig; es widmete sich allerdings dem Kuchen mit größerer Hingabe als die anderen, registrierte

Mama. (Und beschmierte sich den Kragen des Kleidchens mit etwas Sahne.)

Dann endlich kamen die Geschenke an die Reihe, manche von Kinderhand selbst, manche von der Mutter, eins wohl auch von einer kundigen Verkäuferin verpackt. Viel Schönes dabei, Bildendes auch, das gute Buch fehlte nicht, sondern war gleich dreimal vertreten: René Guillot, Grischka und sein Bär, ausgezeichnet mit dem Prix Enfance du Monde, der Einband nicht gerade zur Jahreszeit von Simons Geburtstag passend, aber Fremdes versprechend. Zwei Kinder in Pelzkleidung (Eskimos? Er würde es herausbekommen), die Gesichter von Kälte gegerbt, ein Bär (wie der Titel schon versprach), und Schnee und Tannen im Hintergrund. Dann Mark Twain: Tom Sawyers Abenteuer, und Simon war zu gut erzogen, um loszubrüllen: aber das habe ich doch schon, das kannst du dir doch denken, das hat doch jeder! — obwohl er's gern getan hätte. Zu ärgerlich, wie gedankenlos manche Freunde ihre Geschenke aussuchten. Anders Ulrich, Simons allerliebster Freund, der ihn mit einem Buch beschenkte, das er selber vorher gelesen und für gut befunden hatte: Kurt Held, Giuseppe und Maria. Kapitel eins: Der Krieg kommt über die friedliche Landschaft, und Giuseppes Eltern werden durch Granaten getötet. Jim, Napoleone, Michael und Will, vier amerikanische Soldaten, trösten Giuseppe, begraben seine Eltern, beschenken ihn, verschwinden wieder und lassen Giuseppe allein.

MARIA REINHARDT hatte auch ein kleines Geschenk mitgebracht, verschämt eingewickelt in ein Stück altes rotes Seidenpapier, und sie atmete schwer (stellte Mama fest), als Simon es auswickelte und sah, daß es sogar zwei Geschenke waren. Eine blau und türkis schillernde Glasmurmel mit ein bißchen Rot, die von großen Tiefen des Meeres sprach, jenen Tiefen, in denen der Rochen lebt, der Seeteufel, der Knurrhahn; und ein kleines rechteckiges gelbes Glasding, das Simon versonnen in der Hand hin- und herwendete und mit dem er nichts anzufangen wußte.

Du mußt es ins Licht halten, sagte Maria Reinhardt schließlich, als die Spannung zu groß wurde, in die Sonne.

Simon tat wie ihm geheißen, und siehe, es glitzerte und leuchtete, und er wurde von einem heftigen Schwindel ergriffen.

Als alle nach Hause gegangen waren, erklärte ihm Mama: Das ist ein Katzenauge, Simon. Wenn du dir dein Fahrrad ansiehst, da hast du auch so etwas. Sie hat es sicher von einem Fahrrad. Es ist aber nett, daß sie dir etwas mitgebracht hat.

Nach der Enthüllung der Geschenke war endlich der Garten freigegeben, Raum unschuldiger Spiele, wie Versteck zum Beispiel, oder Fangen. Die meisten waren schnell erschöpft oder gelangweilt oder beides. Simon nutzte das kleine Stück gezähmter Wildnis ohnehin nie, um darin umherzutollen, mehr noch: umherzutollen war prinzipiell nicht sein Stil, außer beim Fußball. Auch Fußball wurde gespielt an diesem Nachmittag, bis sich einer seiner Schulkameraden am Stamm des Kirschbaums die Lippen aufschlug, nichts Dramatisches jedoch: Watte, Pflaster, beruhigend-mütterliche Stimmen waren ausreichend vorhanden (Mama, Hausmädchen, Aushilfe). Simon entwischte seinen Gästen und holte sich heimlich das Katzenauge aus dem Haus, verzog sich unbemerkt unter den Birnbaum und versuchte, die Sonne zu brechen.

Er hörte sie nicht kommen, bis sie sich raschelnd neben ihm im Gras niederließ.

(Und hinter Rhododendronbüschen, das bemerkten sie beide nicht, beobachteten Ottmar und Fritz die Szene; derweil saß Simons Mutter, ein Hauch von Pastellblau und blassem Grün an diesem Nachmittag, auf der Terrasse im Gespräch mit dem klugen und verständigen und unbestreitbar hübschen Ulrich, dessen Freundschaft zu ihrem Sohn sie nach Kräften förderte, und warf dabei zuweilen auch einen Blick zum Birnbaum, mit hochgezogenen Brauen und durchaus amüsiert.)

Wie schön, daß es dir gefällt, sagte Maria Reinhardt, als sie sich niedergelassen hatte, es war gar nicht so leicht, eins zu bekommen.

Woher hast du es? fragte Simon und hatte doch erst fragen wollen: Wo hast du es gekauft? Vielleicht ließ sich aber so etwas selbst machen, oder man konnte es einfach finden.

55

Geheimnis, sagte Maria Reinhardt, darf ich nicht verraten.

Auch mir nicht? Simon war sicher, daß sie gleich mit der Wahrheit herausplatzen würde, wie all die anderen, die auf keinen Fall ein Geheimnis verraten duften: der einzige, der wirklich schweigen konnte, wie ein Grab, war er selber.

Maria Reinhardt preßte fest die Lippen zusammen und schüttelte den Kopf, und erstaunt stellte Simon fest, daß sie es wirklich ernst meinte.

Er rieb das Katzenauge an seiner Hose und hielt es noch einmal in die Sonne; dann steckte er es in die Tasche.

Das ist nett, sagte Maria Reinhardt, daß du mich eingeladen hast. Die anderen in der Klasse mögen mich nicht.

Simon protestierte: Die mögen dich alle, die hier sind!

Die Jungens in der Klasse mögen mich vielleicht, präzisierte Maria Reinhardt, die Mädchen aber nicht.

Dazu schwieg Simon, mit den Gefühlen der Mädchen kannte er sich nicht aus. Statt dessen sagte er: Deine Ohrringe sind toll.

Die sind auch echt, sagte Maria Reinhardt und schlug die Augen nieder.

Ein Satz, mit dem Simon nichts anfangen konnte. Was hieß echt?: natürlich waren sie echt, waren wirklich da, schimmerten an Marias Ohren. Andererseits hatte er schon über manchen Gegenstand sagen gehört, er sei echt, ohne zu wissen, was gemeint war, und ohne zu fragen, und nun nahm Simon seinen neunjährigen Mut zusammen und fragte: was das bedeute? sie seien echt?

Echt Gold, sagte, ohne die Stimme zu heben, Maria Reinhardt. Damit konnte Simon zumindest ungefähr etwas anfangen. Daß Gold nicht allein eine Farbe war, sondern auch ein Material, eins von unermeßlichem Wert, hatte er schon gelernt. Er konnte deshalb nicht glauben, daß Marias Ohrringe aus echtem Gold waren, denn sie hatte nun doch wirklich keine reichen Eltern, aber er sprach mit ihr nicht darüber.

DAS IST SCHON MÖGLICH, Simon, daß ihre Ohrringe aus echtem Gold sind, sagte abends seine Mutter zu ihm und sah träumerisch vor sich hin. Simon wartete auf weitere Erklärungen, aber sie blieb stumm.

TUT DAS NICHT WEH? fragte — am Nachmittag unterm Birnbaum — Simon, sich die Löcher in die Ohren machen zu lassen?

Ein weiteres Mal preßte Maria Reinhardt die Lippen zusammen und nickte. Aber es geht ganz schnell, sagte sie schließlich, und dann die erstaunlichen Worte: Jede Frau muß das auf sich nehmen.

Diese Worte warfen Simon aus der Bahn, machten ihn kühn und angriffslustig. Darf ich mal einen Ohrring haben?: Auge in Auge mit Maria. Die löste den Ring von ihrem rechten Ohr und legte ihn

57

Simon in die Hand, und zum ersten Mal nahm er an ihrem Benehmen etwas Spöttisches wahr. Einen Augenblick hielt er den Ring in den Händen, dann sagte er Maria Reinhardt, sie könne ihn zurückhaben. Sie beugte sich vor, um ihr Eigentum wieder an sich zu nehmen und legte ihren rechten Arm zuerst, dann den linken um seinen Hals, zog ihn zu sich. Simon ließ den Ohrring ins Gras fallen und stützte sich mit beiden Händen ab, sonst wäre er über Maria gefallen. Dann legte auch er seine Arme um sie und verharrte. Sie flüsterte: Nun mach doch!, und von der Terrasse rief Simons Mutter: Simon, du mußt dich ein bißchen um deine Gäste kümmern!

Gleich, Mama, rief Simon zurück, Maria hat einen Ohrring verloren.

SIE SASSEN AN IHREN AUFGABEN, an einem brütenden Augustvormittag nach den Ferien.

Maria hat uns verlassen, sagte der Lehrer plötzlich (derselbe, der ein halbes Jahr zuvor die Neue gefragt hatte: Wie heißt du denn?), und die Kinder sahen ihn verständnislos an, da dieser Satz ihnen nichts Genaues sagte.

Sie wird nicht wiederkommen, erklärte der Lehrer, der, da er ein guter Pädagoge war, sofort bemerkt hatte, daß ihn keiner verstand. Ihre Eltern haben sich hier nicht wohlgefühlt und sind weitergezogen. Maria konnte euch leider nicht mehr Auf Wiedersehen sagen.

Er sah ernst und ein bißchen traurig aus.

Die meisten hatten ihn jetzt verstanden, und auch Simon bemühte sich angestrengt, den Sinn seiner Worte zu erfassen. Die Mädchen sahen sich vielsagend an; sie hatten es immer gewußt; sie begannen zu tuscheln.

Sie kommt nicht wieder, erklärte Ulrich seinem Freund noch einmal. Die Eltern sind weggezogen.

Aber sie sind doch gerade erst hierhergezogen, sagte Simon.

Das machen sie immer so, sagte Ulrich.

Wer macht das immer so?

Auch ihr seid jetzt wieder ruhig!: energisch, vom Pult; der Imperativ als Aussagesatz. Macht die Aufgabe zu Ende. Ihr habt in der Pause genug Zeit, darüber zu sprechen.

Abends im Bett arbeitete Simon an seinen Gefühlen: heftig bewegt.

Maria wäre sicher gern hiergeblieben, sie mochte dich doch gern, hatte seine Mama gesagt, aber wenn ihre Eltern fortgehen, muß sie doch mitgehen. Simon hatte sich allerlei Erklärungen angehört für das Verhalten der Eltern, ihm war nur noch ein Wort erinnerlich: Wandertrieb. Eine Weile weinte er wegen des schwarzhaarigen Mädchens mit den enormen Ohrringen. Er sah sie im roten Kleidchen und in gepunkteter Bluse, im grünen Wickelrock und ganz in Weiß, immer aber die großen Gehänge, echtes Gold. Eins davon plötzlich im Gras, und die zischende Stimme: Nun mach doch! Dann versiegten seine Tränen langsam; er war zu müde geworden zum Weinen. Die Bilder versanken, ein kleines Mädchen blieb zurück, das sich am ersten Tag in der Schule ins Höschen gepißt hatte, auf den Fußboden sogar. Gepißt, wiederholte Simon (heftig bewegt), sie hat gepißt! Und die Ohrringe, so hatte er munkeln hören, waren bestimmt gestohlen.

ZEHN JAHRE DANACH, in einem alten Schulgebäude im Stil der sogenannten Weserrenaissance, legte der Sohn des Regierungspräsidenten Simon erfolgreich seine Reifeprüfung ab, mit überdurchschnittlichen Leistungen im Fach Geschichte und in den Sprachen. Für seinen Einsatz in der Arbeitsgemeinschaft Geschichte (an den Nachmittagen, auf freiwilliger Basis) erhielt er eine Buchprämie, für seine kleine lokalhistorische Arbeit über die Ereignisse in der Weser-Region im Jahre 1848 (»das Revolutionsjahr«) eine andere. (Mehr als Bücher fielen der Schule nicht ein; die vielversprechenden Musiker bekamen Schallplatten.)

Worte der Lehrer zum Abschied, schwankend zwischen Aufrichtigkeit und Ironie: nun verlasse er ja die Heimat, Simon Simon, einer der kommenden Historiker.

In der Tat: er verläßt die kleine Stadt und zieht ins große Berlin (West), um sich dem Studium der Geschichte, der Philosophie und der Romanistik zu widmen. Zum letzten Mal glänzt nach einer durchtrunkenen Nacht mit Freunden ein taufrischer Augustmorgen an der Weser auf. Einige Wochen Ferien folgen, auf einer Nordseeinsel (die Simons waren nie mondän), derselben, auf der Simon sich wenige Jahre zuvor schwere Anfälle pubertärer Melancholie zugezogen hatte: la mer, la mer, toujours recommencée. Dann folgt der Abschied, wie es sich gehört: Der Papa gibt Geld und Rat, die Mama weint.

DU VIELSTÄDTIGES BERLIN, über und unter dem Asphalt geschäftig, Tag und Nacht dazu! Träumend in Friedenau: wo Simon Quartier bezog; hell und frisch duftend in Dahlem: wo er sich durchs Villenlabyrinth der Seminare schlich, mal einem Tiger, mal einer Schlange gleich; dunkel pochend im Straßengeäst des Bülowbogens: wo Simon, in einem Etablissement an der Potsdamer Straße, für vierzig Mark (plus zwölf Mark Zimmer) endlich endlich seine Unschuld verlor, an einem schmutzigen Dezemberabend um fünf Minuten nach halb sieben.

Mußte vorher sagen, daß du es noch nie gemacht hast: sagte das Mädchen, als Simon sich die Schuhe anzog, dann lege ich mich mehr ins Zeug. Das hätte sie, fand Simon, allerdings wirklich tun können: so war es etwas still und verhalten gewesen, beinahe eine Totgeburt.

Das Lebendige holte er nach, als der Frühling kam (denn der Frühling, das ist die Berliner Luft), weiterhin im Bann des Bülowbogens. Ihm gefiel es dort, mitsamt den Currywurstrelikten auf dem Trottoir. Am Ende des Semesters zählte er nach und kam auf ... Frauen. Er wagte nicht, die Zahl auszusprechen, er konnte sie noch nicht glauben. Ja, lieber Simon, das geht schneller als man denkt. Noch ein anderes zählte er nach und stellte fest, daß er beinahe pleite war, denn auch das geht schneller als man denkt. Deshalb hielt er sich an den damals sehr beliebten Satz: Geh mal lieber arbeiten! – und tauchte fünf Wochen unter im Büro einer Bauglaserei in Neukölln (Kalkulationen machen! er! Simon!), früh am Morgen in der U-Bahn die zerknitterten Gesichter, die scharfen wüsten Spuren des vergangenen, vergehenden Lebens. Unser Student: sagte die Bürobesatzung über Simon, und das war ja eine zutreffende Bezeichnung, unser Student arbeitet aber gut, so einen hatten wir eigentlich noch nie. Auch das war richtig, so einen wie Simon hatten sie wirklich noch nie.

DEM BORDELL blieb er treu, sein ganzes Studium lang. Zwar: Er verließ Bülowbogen, Bulette und Berliner Kindl; an deren Stelle traten verschwiegene Appartements und geschützte kleine Villen in Grunewaldnähe – am Ende war es aber immer das nämliche, und immer wieder auch trieb er an die erregenden Ränder des Ruins, und immer wieder arbeitete er sich heraus.

So lebte er hin, Asphalttreter, nicht reisend, aus-

geschlossen von der Kretakorsikasardinienschwär-
merei, und nur selten noch war er im heimischen
Garten an der Weser, wo er im Liegestuhl Enthalt-
samkeit für alle Zeiten schwor. Wenn nicht sofort,
dann doch sehr bald.

Er, Simon Simon, des Regierungspräsidenten
Sohn, in den frühen Zwanzigern: war er ein Lüst-
ling, Wüstling, geiler Bock; ein Kaninchen, ein Re-
kordjäger, eine Fickmaschine?

Ach was. Der Schwächste und Berührbarste, der
Wehrloseste und Ohnmächtigste von allen war er.
Er brauchte keine starken Reize, schon ein Hauch
genügte, ein Schatten, ein Pastell; die Linie eines
Nackens, eine Perlenkette schöner Zähne, der zar-
te Anfang einer Dekolletéschlucht, die Vollkommenheit eines Schulterbogens; eine vorwitzige
Bewegung, ein auch nur leicht herausfordernder
Hüftschwung, eine Südseestimme, ein dunkles Lachen, ein selbstvergessenes Trällern, während sie
sich auszog; Haarkämme, Bernsteintropfen, Steine, Metalle, Rubinrotes, güldener Ohrring an Tabakhaut. Für alles war Simon empfänglich, er sah
mehr, roch mehr, fühlte mehr; er war der ständig
Hingerissene.

TILKOS EINFLUSSBEREICH erstreckte sich von der Ge-
gend um Emmerich bis zum Westrand des heutigen
Ruhrgebiets. Fünf Jahre lang, so rekonstruierte Simon anhand der Quellen (die Quellenlage war
nicht einfach!), zog der Mönch als Wanderprediger

durch diese Region. Die Bewohner der Orte, die er besuchte, kamen für die Dauer seines Aufenthalts für seine Nahrung auf, von der Tilko ohnehin das meiste zurückwies, da es ihm zu üppig war. Sein Gefolge wurde schnell größer; immer mehr Gläubige zogen im Laufe der Jahre mit ihm von Ort zu Ort. Man schlug Lager in den Wäldern auf. Wenn Tilko predigte und zur Umkehr aufrief – übereinstimmend berichten die Quellen von einer ungewöhnlich schönen Stimme – warfen sich ihm die Frauen zu Füßen. Manche verstiegen sich zur Blasphemie: sie sahen in ihm den wiedergekehrten Christus.

Die mit ihm zogen, waren zu drei Vierteln Frauen. Eine der Quellen gibt eine Beschreibung von Tilko, die auf einen zwar nicht häßlichen, aber auch nicht sonderlich schönen Mann schließen läßt. Er muß vor allem extrem hager gewesen sein. In fast allen erhaltenen Dokumenten aber wird auf die Schönheit seiner Stimme eingegangen und auf die Faszination, die von ihm als Redner ausging; glaubhaft wird von ekstatischen, ja hysterischen Ausbrüchen in seiner Zuhörerschaft berichtet.

Die Frauen, unter denen von ihren Männern verstoßene Adlige ebenso wie ehemalige Dirnen waren, müssen bei Tilko sehr viel Verständnis und Einfühlungsvermögen gefunden haben. Als er sich nach fünf Jahren der Wanderschaft niederließ und sein Kloster gründete, beherbergte es, wenn auch in getrennten Gebäuden, Männer wie Frauen. Seine einflußreichen Gegner in der Kirche verbreiteten böse Gerüchte. Aus den Zeugnissen einiger Klostermitglieder nach Tilkos Tod geht hervor, daß er in der Tat während der Phase der Wanderschaft den Versuchungen nicht widerstehen konnte: Versuchungen, die aus Liebe an ihn herangetragen wurden, nicht aus bloßer Geilheit. Anschließend geißelte er sich oft tagelang. Aus den elf Jahren seines Lebens im Kloster jedoch ist allen Gerüchten zum Trotz kein einziger Fall einer gleichsam religiösen Kopulation nachgewiesen, obgleich die Verehrung der weiblichen Klostermitglieder für Tilko eher noch zunahm. Er starb als heiliger Mann; nach seinem Tod entbrannte ein Streit um den Ort der letzten Ruhe und um die Gebeine.

Damals wie heute, schrieb Simon in der Einleitung seiner Dissertation über den Wandermönch und späteren Klostervorsteher im ausgehenden 11. Jahrhundert: damals wie heute also sei es nicht nur um die Ausdeutung des Universums, um die Geheimnisse des Guten und Bösen gegangen, sondern auch um sehr konkrete Fragen wie das Verhältnis zur Macht, zum Besitz, zu den Begierden. Eine von Tilkos zentralen Fragen, schrieb Simon weiter, sei die nach dem Verhältnis der Männer zu den Frauen gewesen, zum weiblichen Geschlecht, »diesem Teil der menschlichen Spezies, der so anziehend, so liebenswert und schutzbedürftig ist und zugleich soviel Unruhe verursacht und bisweilen mit dämonischen Kräften ausgestattet scheint.« Schrieb Simon.

Seine Arbeit fand Anerkennung in Fachkreisen;
wenigstens.

Jedoch war es nicht die Zeit, in der die Wande-
rungen, Obsessionen und Räusche des Spätmittel-
alters interessierten. Die Arbeiten, mit denen man
sich damals einen Namen machte, trugen andere
Titel. Einige von ihnen fand Simon fünfzehn Jahre
später im modernen Antiquariat, auf seinen spät-
sommerlichen Heimwegen vom Dienst.

Immerhin: seine Arbeit wurde auch in der Beno-
tung mit großem Lob bedacht. Simons Hoffnungen, sich weiter an der Brust der Alma Mater nähren
zu können, erfüllten sich jedoch nicht: zu klein und
zu schwach war seine Lobby; zu wenig hatte er in
den Jahren zuvor die wichtigsten Persönlichkeiten
hofiert; zu sehr war er damit beschäftigt gewesen,
seine Unruhe zu bekämpfen; zu oft war er dabei den
dämonischen Kräften erlegen.

Er verließ die hellen und blühenden Wege Dah-
lems und tauchte ein ins Dämmerlicht rheinischer
Archive. Versenkung hoffte er zu finden, Ruhe und
Gelassenheit: Tod seinen Dämonen.

AMSELN SANGEN VORM FENSTER, und schimpften auch;
dottergelb und schwer stürzte die Nachmittags-
sonne in eine Baumkrone. Zerknirschung — eine
weitere in der endlosen Kette der vergangenen Jahre — senkte sich über den Archivreferendar Simon,
während er den mit dünner Stimme vorgetragenen
Ausführungen des Dozenten zu folgen versuchte,

Zerknirschung und Müdigkeit dazu, die er mitgebracht hatte aus seiner Wüstlingsnacht.

Dabei hatte ihn nicht Gier getrieben. Nur fliehen hatte er wollen: fliehen vor dem brütenden Mittelgebirgskessel, fliehen vor der spinnbewebten Marburger Puppenstube, fliehen vor der schäbigen Überladenheit seines möblierten Zimmers in der Friedrichstraße (zu nah an der Archivschule, viel zu nah!).

Komm ins Offene, Freund!: in die Freie Reichsstadt Frankfurt nämlich, darin sich die Schicksale kreuzen, die Fluglinien, die Geldströme, die Handelswaren und Begierden. War es seine Schuld, daß der Bahnhof ihn gleich in einen neuen Kessel entließ, in eine verdorrte Flußlandschaft aus Elbe Mosel Weser Nidda, der er nicht entkam? In der die toten Flußarme sich um ihn legten wie die eines Kraken und ihn erst am nächsten Morgen um halb fünf wieder freigaben, als das Flußbett fast verschwunden war unter leeren Flaschen, Essensresten und Erbrochenem?

Aber war da nicht auch Schönheit gewesen und Glanz, der Klang von Steinen und Metallen, schimmernde Haut, Gelächter und sogar Freundlichkeit? Und hatten sie ihm nicht beinahe alles Geld aus der Tasche gezogen, bis auf die schmale Summe, die ihm für die Rückfahrkarte blieb und die er verteidigte gegen alle Angriffe (ein Einschuß von Ratio mitten in dem, was Simon für das ozeanische Gefühl hielt), so daß er Marburg betrat wie ein Bettel-

mönch, bleichgesichtig und die Augen scharf ge-
rändert?

Nun trat er auf den stillen Hof, von gelben Mauern auf Sandsteinsockel umfriedet, wo kein Amsel-
gesang ihn erreichte und kein Sonnenglanz in
Baumkronen. Ich will: sprach Simon zu Simon, ich
will deiner Hurerei ein Ende machen. Deine Augen
will ich vor der Welt verschließen, und wo dich dennoch etwas lockt, sollst du dich geißeln drei Tage
und drei Nächte lang. Im Dämmerlicht sollst du
versinken und der Überlieferung dienen; du sollst
die Bestände ordnen, prüfen und ergänzen, was
aber nicht wert ist fortzuleben, das sollst du kassieren. Im Schweiße deines Angesichts sollst du dich
über Schriftstücke beugen und sollst du Mikrofilme
lesen, und dein Arbeitsplatz sei dem Fenster abge-
wendet. Du sollst allein bleiben und nicht mehr Un-
zucht treiben, weder in Taten, noch Worten, noch
Gedanken. Du sollst dich nicht hinreißen lassen,
wo es aber doch geschieht, soll es dich ins Verderben stürzen. Amen: sagte Simon.

So geschehen am vierzehnten Juli neunzehnhun-
dertfünfundsiebzig auf dem Innenhof des Staats-
archivs zu Marburg.

VIERTES KAPITEL

in dem Simon Carmen aus einer Verlegenheit hilft

»Sie log, Señor, sie hat immer gelogen.«

Prosper Mérimée
Carmen

Als er die Schreie hörte, hatte er gerade das Reich der Delikatessen verlassen, war wieder emporgestiegen von Austern und Artischokken, Bleßhuhn und Basilikum, Champagner und Chinakohl, Datteln und Dill, Ente und Estragon, von Fasan und Forellenfilets, Gänseleber und Garnelen, Hummer und Hecht, Ingwer und Involtini, Johannisbeeren und Jakobsmuscheln, von Krebsschwänzen und Kichererbsen, Lachs und Linguine, Mangold und Maronen, Nelken und Nocciolette, Olivenöl und Ochsenzunge, von Pfifferlingen und Parmesan, Quark und Quitten, Rosmarin und Reineclauden, Safran und Seezunge, Sherry und Schnecken, von Stör und Steinbutt, Trüffeln und Trauben, Uccelletti und Udinese, Vanille und Venusmuscheln, Wachteln und Wildgans, von Zander und Zucchini.

Das alles konnte er sich nun leisten, nachdem er schon fast vierzehn Jahre seinem Gelübde gelebt hatte, nicht seinen Gelüsten, und nun immerhin mit A 14! Hätte es sich nun leisten können, das alles, ließ es aber links und rechts liegen an diesem Montag im Mai, nachmittags nach Dienstschluß. Ihm war nicht nach Ausschweifung, ihm war nach Form, Disziplin, Askese, ihm war ganz besonders streng zumute heute, da nun am achten Tag in Folge die Sonne brannte und die Luft weich war: die

Straßen ein Farbgeschrei, und aus offenen Fenstern kamen müde, lockende, spöttische Melodien.

Aus dem Delikatessenreich war er wieder nach oben gestiegen – denn man bringt die Lebensmittel seltsamerweise immer im Hades unter, der hier allerdings Basement heißt –, nach oben: um mit seinen wenigen Einkäufen den Ausgang zu erreichen und sich in seine Wohnung zu retten, oben über der Stadt, ins Reich des Halbschattens, der klaren Linie und der Stille.

Zunächst aber mußte er noch einen weiteren Raum der Lüste durchqueren, mit niedergeschlagenen Augen; und wenn er doch auch seine Nüstern hätte verschließen können, seine sensiblen Nüstern, die denen des Jean-Baptiste Grenouille kaum nachstanden!

Da hörte er die Schreie: zwei drei kurz hintereinander, schon fast jenseits der dem menschlichen Ohr wahrnehmbaren Frequenz, Schreie einer Frau, die zur Tötung entschlossen war, zumindest aber dazu, jemandem die Augen auszukratzen, Schreie einer Löwin, die ihre Jungen verteidigt.

Flucht, dachte Simon und rührte sich nicht von der Stelle.

ER HOB DIE AUGEN, und das Bild, das sich ihm darbot, überraschte ihn nicht. Sekunden zuvor schon, in vorwegnehmender Imagination, hatte er jedes Detail vor sich gesehen, als habe er es aus Rhythmus, Intonation und Frequenz der Schreie ableiten kön-

72

nen. Mit festem Griff — Schraubstock — umklammerte ein Herr in Simons Alter, der durch die immer knapp ihr Ziel verfehlende Bemühtheit seiner Kleidung augenblicklich als Abteilungsleiter identifizierbar war — diese Kleidung: korrekt sollte sie natürlich sein, aber doch auch eine Spur lässig, vor allem aber vermittelte sie den Eindruck, daß sie nicht ganz paßte, daß hier ein Zentimeter zuwenig war, an den Schultern aber einer zuviel, eine kleine Summe winziger Verfehlungen, die insgesamt das Bild des Grotesken ergaben, und fertig war der Abteilungsleiter —, der Herr also umklammerte mit festem Griff das linke Handgelenk eines jungen Mädchens, das sich loszureißen versuchte, beide umringt von mehreren weißbekittelten Fachverkäuferinnen sowie einer rasch zunehmenden Zahl unbeteiligter Zuschauer, Laufkundschaft eben. Ganz in Schwarz war Carmen gekleidet, weite Hose, weites T-Shirt und eine elegante schwarze Jacke (Leinen mit Baumwolle, tippte Simon), und nur ein prächtiges Riesenohrgehänge, ein Einzelstück in Form einer Muschel, schimmerte silbern an ihrem rechten Ohr. Ihr Haar war ungeschmückt, keine grüne Spange, kein roter Haarkamm setzte einen Farbtupfer in sein Kohlrabenschwarz (»das unentdeckte Land«, dachte in diesem Moment Simon wahrhaftig, »von des Bezirk kein Wandrer wiederkehrt«). Doch, ihr Haar wurde hinten zusammengehalten, aber nur durch eine unscheinbare, ebenfalls schwarze Spange: Mimikry.

Während Carmen mit dem rechten Arm um sich schlug, um die Verkäuferinnen fernzuhalten, versuchte der Abteilungsleiter, der fest geschlossenen Hand etwas zu entreißen, offenbar das corpus delicti, das Ziel und Zentrum sowohl seiner Sehnsucht als auch der der Carmencita. Schließlich löste sie unter Schmerzen die Umklammerung dieses Schatzes, und zu Boden fiel, jedoch ohne zu zersplittern, ein 25ml-Fläschchen reinsten Parfüms der Marke *Poison*.

ZAUDERND, handlungsgehemmt, reflexionsverfallen, verpaßte Chancen betrauernd: zu dieser Spezies gehörte Simon. Legion die Zahl der Gelegenheiten, bei denen er seinen Einsatz versäumt hatte. Zu hoch war das Tempo des sogenannten Lebens für ihn. Abwägen — und dann, wenn er all die möglichen Konsequenzen bedachte, von allem ablassen: das war seine gewohnte Vorgehensweise.

Nun aber, nachdem der Abteilungsleiter zu Carmen gesagt hatte: Kommen Sie jetzt bitte mit in mein Büro!, trat Simon entschlossen auf ihn zu und sagte: Ich glaube, ich kann den Vorfall aufklären, wenn Sie mich anhören würden. Ich weiß allerdings nicht, was Sie der jungen Dame vorwerfen.

Carmen, die erschöpft, beinahe apathisch den Kopf zu Boden gesenkt hatte, sah nun überrascht auf, und Simon registrierte nach nur sehr kurzer Verzögerung ihr Wiedererkennen, begleitet von Erstaunen über seine Handlungsweise, aber auch von

Signalen der Komplizenschaft: sie war bereit, der Taktik, die er einschlug, auf jeden Fall zu folgen.

Der Statthalter des Kaufhauses indessen brauchte etwas länger, um zu der Entscheidung zu kommen, die er für die richtige hielt. Die fiel, nachdem er Simon taxiert hatte, dahingehend aus, es auf den Versuch eines Gesprächs ankommen zu lassen: Seriosität schien gewährleistet, der Gesprächspartner kam offensichtlich aus der in der Stadt so geschätzten Beamtenschaft, wissenschaftliche Abteilung, ein wenig weltfremd vielleicht, aber seine Worte mochten doch Gewicht haben. Die möglichen Folgen, wenn er übereilt handelte! Entschieden, aber auch besonnen war in derartigen Situationen zu reagieren: dieser Handlungsanweisung aus der internen Mitarbeiterfortbildung erinnerte er sich und bat nun beide, Carmen wie Simon, ihm zu folgen.

Das tat Carmen, ihre Chancen abwägend, und Simon, erstaunt über seine plötzliche Kühnheit und in neugieriger Erwartung dessen, wohin sie ihn führen würde.

SEIN BÜRO! Was er so nannte, war ein Verschlag, wie man ihn als Messestand sich hätte denken können, abzureißen und zu verpacken in weniger als einer Stunde. Auch sein Schreibtischstuhl war nicht chefmäßig, immerhin gab es zwei Sessel auch für Besucher, so daß in der Dreiersituation Peinlichkeiten vermieden wurden. Auf dem Schreibtisch lagen Listen: Entwicklungstendenzen, Aufschwünge und

Einbrüche, rauschende Triumphe und vernichtende Niederlagen, alles, was die Krämerseele in schicksalhafte Wallung bringt. Simon befand, wenigstens diese Abteilung hätte eigentlich von einer Frau geleitet werden müssen, war aber froh, es nicht mit einer solchen zu tun zu haben. Eine in dieser ganzen Geschichte war ihm genug.

Die saß ruhig auf ihrem Sessel, die Füße übereinandergeschlagen, die Hände im Schoß gefaltet.

Also, begann Simon, was man ihr vorwerfe?

Das ist doch wohl deutlich genug, antwortete der Sachwalter der Kommerzinteressen. Sie hat versucht, dieses Fläschchen Parfüm zu stehlen. Eine Verkäuferin hat genau gesehen, wie sie in aller Ruhe das Fläschchen in der Handtasche verschwinden lassen wollte.

In aller Ruhe? Simon insistierte. Vielleicht sei es einfach Gedankenlosigkeit gewesen, Geistesabwesenheit? Hätte sie denn sonst so ruhig sein können? Sicher wollte sie nicht stehlen, warum sollte sie denn auch?

Warum sie sollte? fragte der Abteilungsleiter, na hören Sie mal! Weil sie das Parfüm haben wollte, aber das Geld dafür nicht hat. Die jungen Leute wollen heute alles haben, wirklich alles.

(Ihr bietet es ja auch fleißig an: dachte Simon.)

Aber vielleicht, sagte der Abteilungsleiter, fragen wir die junge Dame mal selber. Ich muß ohnehin die Personalien aufnehmen. Dann brauchen wir nicht länger zu spekulieren.

Nun sehr schnell handeln, befahl sich Simon, sie darf nichts sagen, bevor sie nicht meine Version der Geschichte kennt, sonst kann ich ihr nicht mehr helfen.

Sie hat doch noch einen Schock, sagte er (mit Entschiedenheit: sein Gegenüber zog die Brauen hoch), die Geschichte ist ganz einfach geklärt. Ich war mit der jungen Dame auf einem Einkaufsbummel (der Abteilungsleiter riß die Augen auf), und während ich unten einige Lebensmittel besorgte, sollte sie sich oben schon einmal um das Parfüm kümmern, das sie sich so sehnlich wünschte. Ich wollte es ihr schenken. (Inzwischen riß auch Carmen die Augen auf, so spannend und verlogen war es lange nicht mehr hergegangen in ihrem Leben.) Ich wollte gerade dazukommen, um zu bezahlen, und das will ich auch jetzt noch. Sie ist manchmal etwas verträumt, sie dachte wohl, das Parfüm gehört ihr schon. Also, Sie sehen, sie hatte wirklich keinen Grund zu stehlen.

Bisher hatte er jeden Blickkontakt zu Carmen vermieden; jetzt sah er zu ihr hinüber, sie erwiderte mit einem zustimmenden Blick: Geschichte verstanden und genehmigt.

Die Geschichte verstanden hatte auch der Vertreter des Handels, genehmigt allerdings nicht, aber was sollte er machen? Der Kerl tischt mir eine Geschichte auf, das Gegenteil kann ich nicht beweisen. Möchte wissen, in welcher Beziehung er zu ihr steht, ihr Onkel ist er sicher nicht, haha! Wahrscheinlich fickt er sie, und dafür muß er bezahlen, ihr allerlei Aufmerksamkeiten erweisen, wie man so sagt. Ich mache noch einen Versuch.

Jedenfalls, sagte er, muß ich die Personalien aufnehmen.

Aber nein, sagte Simon sanft, Einverständnis heischend zwischen erwachsenen und vernunftbegabten Männern, ich sage Ihnen doch, ich bezahle. Und wenn Sie Personalien haben wollen, holen Sie die Polizei, aber Sie wissen, dann steht Aussage gegen Aussage, und die Beweislast liegt bei Ihnen (immer noch sanft). Machen Sie doch nicht ein junges Leben kaputt (eindringlich, mahnend), das Mädchen ist noch in der Ausbildung zur Friseuse und hat sich noch nie etwas zuschulden kommen lassen, und jetzt auch nicht, denn es war, wie ich Ihnen gesagt habe!

Hier nickte Carmen eifrig. Ihr Einsatz war gekommen!

Ja, sagte sie, so war es, ich habe ein bißchen geträumt, dachte an heute abend, wo wir essen gehen wollen — sie strahlte Simon an —, und da habe ich das Fläschchen einfach eingesteckt. Es tut mir leid, daß ich danach so durchgedreht bin, aber es war wie ein Schock, als die Verkäuferin und Sie plötzlich auf mich zukamen. Ich hoffe, ich habe Ihnen nicht zu große Unannehmlichkeiten bereitet: große Augen, um Entschuldigung bittend.

Jedes Wort gelogen, dachte der Abteilungsleiter.

Wie geschmeidig sie lügt! dachte im gleichen Augenblick Simon, der schon vergessen hatte, daß er kurz zuvor ähnlich elegant gefochten hatte. Wie gut sie sich ausdrücken kann, wie aufrecht sie sich hält! Er muß uns gehen lassen, er hat keine andere Wahl.

ER MUSSTE SIE GEHEN LASSEN, er hatte keine andere Wahl. Natürlich: er könnte es darauf ankommen lassen, Polizei, Aufnahme der Personalien, genaue Rekonstruktion des Vorgangs: aber die Kleine machte ihm nicht den Eindruck, als sollte sie ins Wanken geraten, und ihr Gockel würde ohnehin tausend Meineide schwören, um ihr an die Wäsche gehen zu können. Am Ende stimmte vielleicht sogar ihre Geschichte! Zuweilen glaubte selbst er an das Gute im Kunden.

Draußen! Die Geschäfte begannen zu schließen, an den Tischen eines Straßencafés sammelten sich erschöpfte Einkäufer, Lehrlingsvolk, Sparkassenangestellte, Schüler und sogar zwei oder drei echte Müßiggänger. Carmen hatte 25 ml *Poison* in der Handtasche, eine schwer erkämpfte Trophäe. Sie standen nebeneinander, die Friseuse und der Archivar, unschlüssig, mit Blick auf die frühsommerlichen Lebensäußerungen der Provinz.

Sie müssen sehr vorsichtig sein, sagte Simon, so etwas kann Sie ihre Lehrstelle kosten, wenn Sie Pech haben.

Carmen nickte. Vielen Dank für Ihre Hilfe, sagte

sie. Warum haben Sie das nur für mich getan? (Sie wußte es nur zu gut.) Übrigens habe ich Sie gleich wiedererkannt; man vergißt Sie nicht so leicht.

Und Simon, anerkennend: Sie haben meine Geschichte gut ausgeschmückt. Vielleicht sollten wir das ernst nehmen und wirklich essen gehen? Ich lade Sie natürlich ein.

Oh, sagte Carmen schnell und wimpernklappernd, das tut mir leid, aber heute geht das wirklich nicht. Meine Eltern warten auf mich, ich bin sowieso schon spät dran, sie machen sich sicher schon Sorgen.

Und hüpfte davon! Drehte sich aber noch einmal um und rief: Sie müssen bald wieder zu uns kommen, sonst wächst der Schnitt ganz raus!

Kurz danach sah Simon sie nicht mehr. Noch immer stand er an der Stelle, an der er sie verlassen hatte, setzte sich nun langsam in Bewegung, ging schweren Schrittes am Straßencafé vorbei, wo ihm ein Pulk junger Mädchen, so schien es, spöttisch nachblickte, und fühlte, wie in ihm die Hitze aufstieg.

In der Kühle und Dunkelheit des Parkhauses gewann er seine Ruhe zurück; in Serpentinen verließ er das maitrübe Tal; ein paar hundert Meter weiter oben war alles klarer; mit Gelassenheit betrat er seine klösterliche Wohnung. Abendfriede senkte sich über den Wald, der hundert Meter vom Haus begann, Friede eines Wochenendes dazu, denn es war Freitagabend.

Dann fiel ihm ein: Er hätte sie bitten sollen, ihn einmal an ihrem *Poison* riechen zu lassen. Er hatte, so fand er, ein Anrecht darauf zu wissen, zu welchem Duft er ihr verholfen hatte. Dann aber erschrak er und versuchte, sein Gelübde zu erneuern, Wort für Wort. Allein, nach vierzehn Jahren verlieren selbst die heiligsten Schwüre etwas von ihrer Leuchtkraft, werden blasser, und in der Mitte seiner Rekapitulation verließ ihn die Erinnerung.

NOCH IST DOCH GAR NICHTS GESCHEHEN! beruhigte sich Simon Simon und ließ sich in seinen schönsten Sessel fallen, schloß die Augen, eine Ohnmacht wehte vorüber, und vor der Terrassentür sang eine Amsel.

FÜNFTES KAPITEL

in dem Carmen sich erkenntlich zeigt

»Sie nahm den ganzen Kram und warf ihn auf die Erde,
sprang mir an den Hals und juchzte:
›Ich geb', was ich schuldig bin! Ich geb', was ich schuldig bin!‹«

Prosper Mérimée
Carmen

FÜNF TAGE LANG ging Simon morgens und abends vor dem Spiegel mit sich ins Gericht, genauer: mit seinem Schnitt, der, wenn man ihn nicht zur rechten Zeit erneuert, »ganz rauswächst«, jeder Barbier kann einem das sagen. Übers Wochenende rührte er sich kaum aus dem (gemieteten) Haus: unten die Küche und ein riesiger Wohnraum, den er in eine Bibliothek verwandelt hatte, oben ein Arbeitszimmer, das Bad, zwei Schlafzimmer. Für wen das zweite? Zweimal in all den Jahren hatte er jemanden dort oben beherbergt, einen Kollegen aus der gemeinsamen Marburger Zeit (heute beim Staatsarchiv in Hamburg, das brachte ein wenig Wind und Welt in Simons Kloster), und später einmal Ulrich, der inzwischen an einer Schweizer Universität professionell philosophierte: ein Wochenende, das in gegenseitigem Bedauern endete, da die alte Vertrautheit nicht mehr aufkommen wollte: hatte nicht Simon, nachdem der alte Freund abgereist war, sogar etwas geweint?

Stunden verbrachte er im Bad, versinkend in Schaumhügeln, starrte auf die von einem Film aus Wasserdampf beschichteten Kacheln. Eine Lähmung hatte sich seiner bemächtigt, von der Horizontalen im Bad wechselte er zu der auf der Couch (nur, daß niemand hinter ihm saß und brummte). Es gelang ihm nicht zu lesen; immerhin hörte er

Musik, die gesamte h-moll-Messe von Bach und danach das Stabat Mater von Arvo Pärt. Ein leidlicher Koch, manchmal sogar ein guter, fehlte ihm in diesen Tagen doch alle Kraft, um etwas zuzubereiten. Er ließ sich unten aus der Stadt Pizza kommen, Sixpacks dazu: diese menschenfreundliche Einrichtung, Trösterin der Gelähmten und Autisten, hatte inzwischen auch in der Provinz Fuß gefaßt, und Simon dankte dem Schutzheiligen der Fast-Food-Industrie.

Einmal stand er in seinem kleinen Garten, dem Klostergärtchen, reglos, die Hände in den Hosentaschen. Er sah Kleinigkeiten, die hätten gemacht werden müssen (er hatte sich die minimalen Kenntnisse angeeignet, die zureichten, das kleine Stück Erde in Ordnung zu halten), aber er rührte sich nicht. Am Waldrand hörte er Stimmen, ein sonntägliches Rudel brach aus dem Wald hervor, sechs acht zehn junge Leute, die Weiber in der Überzahl, zwei Blagen waren auch dabei. Alles lachte, jubilierte, schrie; man erfreute sich an der Tatsache, an diesem Tag nicht arbeiten zu müssen (und die Blagen mußten nicht zur Schule), ein Geschenk Gottes und der sozialen Errungenschaften der letzten hundert Jahre. Morgen müßt ihr wieder!: hätte ihnen Simon gern zugeschrieen.

Er auch; als Erlösung kam dieser Montagmorgen. Die ungewöhnliche Maihitze war geblieben, morgens schon, als er ins Tal herunterkam, staute sich dort die Wärme, mit Erleichterung verschwand

Simon im archivarischen Halbschatten. Zerstreut und konzentriert (nur die geradlinigen Geister glauben, dies schließe einander aus) ging er seiner Arbeit nach; auf einer Konferenz am Nachmittag machte er einen souveränen, abgeklärten Eindruck. Und kehrte nach Hause zurück und überprüfte erneut seinen Schnitt, ließ sich wieder eine Pizza bringen (kam langsam durch die Speisekarte) und ein Sixpack dazu. So auch am Dienstag und Mittwoch; am Donnerstag aber, dem achtzehnten Mai, feierte Simon seinen vierzigsten Geburtstag.

AM DONNERSTAG, DEM ACHTZEHNTEN MAI, erschien die Carmencita im Geschäft in überaus gereizter Verfassung, erschöpft von der Anstrengung des Vorabends, als sie ihrem bisherigen Liebhaber den Laufpaß gegeben hatte. Der junge Mann, der ohnehin nicht zu den aufgewecktesten Geistern gehörte, hatte geschlagene zwei Stunden gebraucht, um überhaupt die Botschaft zu verstehen, die Carmen ihm zu übermitteln versuchte, und weitere zwei, um ihr Glauben zu schenken. Dann begann das Heulen und Zähneklappern, das Carmen jedesmal dazu trieb, sich als Hexe zu sehen, als ein gefühlloses Monster und männermordendes Weibsbild, während sie sich eigentlich für eine recht normale junge Frau mit normalen Wünschen hielt. Und hätte jemand geahnt, wie sehr sie litt unter der Verlogenheit um sie herum, die Carmen zur bösen Frau machte! Das machte sie böse.

87

Beim Haarewaschen riß und drückte und stieß sie schon mal an diesem Tag, den Kaffee knallte sie den Kunden hin, Gesprächsversuche unterlief sie: sie hatte sich schließlich schon am vergangenen Abend den Mund fusslig geredet. Die lieben Kollegen gingen ihr nach anfänglichen Versuchen aus dem Weg, und die Chefin beschränkte sich auf die notwendigsten Hinweise. Schon Carmens Blick allein schien tiefe schwarze Schatten zu werfen aufs blendende Weiß des Salons.

Es war ein strahlender Tag, der beste der Welt. Junges Volk feierte sich nach der Schule auf den Straßen; Gemüsehändler waren zu ganz besonderen Scherzen aufgelegt; selbst Archivare blinzelten zur Mittagszeit in der Sonne zufrieden vor sich hin. Die Umsätze stiegen: man gönnte sich was. Leichtes Tuch, neuer Duft, Sanftes für die Haut und auch fürs Haar.

Wie sie den Tag haßte!

An diesem wunderschönen Maitag des Jahres 1989, genau um siebzehn Uhr zehn, betrat Simon den Salon ein zweites Mal in seinem Leben. Nun beginnt mein Verhängnis, dachte er fröhlich und ergeben, als er die Tür hinter sich schloß.

DA SIND SIE DOCH MEINEM RAT GEFOLGT, sagt Carmen, als sie seinen Nacken auf den Beckenrand legt, es wurde auch Zeit.

Und dreht den Wasserhahn auf. Simon schnuppert: Poison? Aber zuviel Gerüche streiten miteinander im unmittelbaren Umkreis, und Michael Jackson girrt und gurrt dazu.

Isdaswássersoángenem?

Diesmal bejaht er brav, obwohl es wieder ein wenig zu kühl ist, lauwarm nämlich. (Keine Metaphern, Simon!, ermahnt sich Simon.)

Ich sage noch einmal vielen Dank, sagt Carmen leise, und die Kollegen registrieren erstaunt, daß sie endlich mit einem Kunden spricht, jetzt da der Arbeitstag sich dem Ende nähert. Ist sie wieder ansprechbar? Geht man nicht mehr das Risiko ein, die Augen ausgekratzt zu bekommen?

Ach, gern geschehen: Simon gleichsam abwinkend, wenn auch eingeschränkt durch den zurückgelegten Nacken. Dieser Kaufhausmensch war ja einfach unmöglich, und wie brutal er Sie angepackt hat! (Stimmung machen gegen einen anderen Mann. Alte Methode, funktioniert jedoch nicht immer.) Wer weiß, fügt er hinzu, was er gemacht hätte, wenn Sie allein mit ihm ins Büro hätten gehen müssen.

Wie reagiert sie? Kleines Lachen, sorgsam ausbalanciert zwischen Augenzwinkern und Anstand.

Aber er muß jetzt sofort ein wenig zurücknehmen, sonst wird es zu schwerenöterhaft, und er ist dann einfach nur noch alt, geil und tapsig. Das Büro war ja grauenhaft, sagt er mit Verve, alles Sperrholz und nichts paßte zusammen. Schickes Kaufhaus, und wenn man hinter die Kulissen sieht, ist es nichts als eine bessere Imbißbude.

89

Da lacht sie jetzt befreiter und beginnt munter, über den schlechten Geschmack vieler Leute herzuziehen. Sie ist heute übrigens ganz in Weiß, ihrer schwarzen Stimmung zum Trotz; ein goldschimmernder Riesenklunker baumelt an ihrem rechten Ohr und ein feines güldnes Kettchen senkt sich vom Hals in ihre schattige Busenschlucht. Sie erzählt ihm von allerlei Unmöglichkeiten, die sie in manchen Wohnungen gesehen hat, redet sich frei, die Kleine, redet die Schatten des Vorabends und des bisherigen Tages hinweg. Und macht ihm dann ein Riesenkompliment: Sie haben sicher einen künstlerischen Beruf.

Da muß Simon natürlich abwehren; er ist vielmehr wissenschaftlich tätig (er verrät noch nicht, daß er Archivar ist), aber er hat von jeher auch künstlerische Neigungen gehabt und diese immer gepflegt, an allem Schönen und Ästhetischen nimmt er regen Anteil.

Die zweite Haarwäsche ist bald zu Ende, er muß sich beeilen. Er weiß noch gar nicht, wie er diesmal schneiden lassen soll, vielleicht kann sie ihn ein wenig beraten? Natürlich schneidet Mario, das weiß er, aber Männern allein traut er in diesen Fragen nicht so recht.

Sie bringt ihn zum Platz, und dann beratschlagen sie: im Ansatz ist seine Frisur schon richtig, vielleicht sollte er die Seiten noch kürzer machen lassen als beim letzten Mal, ganz hart vom Deckhaar abgesetzt, Konturen sehr deutlich, das würde ihm stehen, er hat ja ein markantes Profil. (Ein markantes Profil! Simon ist dem Herzstillstand nahe.)

Mario kommt, und die Beratung wird zu dritt noch einmal von vorn aufgenommen; man kommt zum gleichen Ergebnis wie zuvor. Ein paar Minuten noch, sagt Mario dann und verschwindet noch einmal, und Carmen kann nun die Kaffeefrage stellen. Als sie die Tasse bringt – sie knallt sie nicht vor Simon hin, sie stellt sie ganz sanft ab –, ergreift ihn Panik: gleich wird die Kommunikation beendet sein.

Na, bald haben Sie ja auch Feierabend, sagt er, bei dem schönen Wetter draußen.

Mmh.

Dann sind Sie sicher froh, wenn Sie zu Hause sind, nach so einem langen Tag.

Ach, ich hab's nicht eilig, ich geh drüben erst noch mal was trinken.

!!!!

»Drüben« ist klar, auch für Simon; es gibt nur einen Laden, den sie meinen kann. Siebzehn Uhr dreißig ist es jetzt an seinem vierzigsten Geburtstag. Es dauert ohnehin noch eine Weile, bis Mario mit ihm fertig ist (Mario ist der Schnellste nicht, das hat er schon beim letzten Mal bemerkt), es wird dann sicher schon achtzehn Uhr sein, und er könnte in der Nachbarschaft noch einige Buchläden aufsuchen. Hat er nicht sogar ein Buch bestellt? Das könnte er abholen und danach eine Kleinigkeit

trinken gehen. Er hat es nicht eilig, nach Hause zu
kommen, bei dem schönen Wetter.

WÄHREND ER DARAUF WARTET, daß sein Buchhändler
aus dem Dunkel der hinteren Räume zurückkehrt,
läßt er die rechte Hand an den Regalen entlang-
wandern; die Fingerspitzen streichen über die sanft
gewölbten Rücken der Bücher: schwarze, weinrote,
dezent graue, samtgrüne, ozeanblaue, knallgelbe,
lilienweiße. Er ist der einzige Kunde. Der schillernde blühende Maientag ist ausgesperrt, Dämmer- und
Staublicht erfüllt den Raum, die Straße ist kaum zu
hören. Wie in einem Kloster fühlt er sich plötzlich,
und sein Gelübde, Wort für Wort, kehrt zurück. Aber
es ist ein Kloster, das ihn nur als vorübergehenden
Gast duldet, bald wird er zurückgeschickt werden in
die Welt: er hat nur eine Galgenfrist.

Hat ein bißchen gedauert, weckt ihn der Buchhändler, ich mußte suchen. Er ist ein alter Mann;
bald wird er den Laden schließen. Simon Simon
hält ihm die Treue bis zum Schluß, auch wenn es oft
einfacher wäre, anderswo zu kaufen.

Der alte Mann hält Simon das Büchlein mit dem
weißen Umschlag entgegen, schwarze Schrift, auch
das hat etwas Klösterliches, etwas von einem Bre-
vier.

Zwanzig Mark.

Simon nimmt das Buch an sich – »keine Tüte!« –,
blättert darin, speichert einzelne Satzglieder, wie
immer, wenn er zum ersten Mal ein Buch durch-

streift, darin herumvagabundiert: »Antichrist« — »das babylonische Weib der Apokalypse« — »Kontinuität von katholischer Kirche und römischem Imperium« — »strenge Durchführung des Prinzips der Repräsentation« — »Großinquisitor«. Dann wünscht er einen guten Abend und bis zum nächsten Mal.

In drei Monaten schließe ich, sagt sein Buchhändler.

Simon weiß das. Und der Laden, was passiert mit dem?

Ich habe verkauft, präzisiert der alte Mann, und nach mir kommt einfach nur ein jüngerer Mann. Unterstützen Sie ihn, er wird es nicht leicht haben.

Simon nickt. Er hat die Tür schon halb geöffnet. Ganz nah hört man ein plärrendes Kind, das sich offenkundig weh getan hat, vielleicht auf die Nase gefallen ist, und das gutmütige gurrende Lachen einer jungen Mutter. Große Unruhe erfaßt ihn, eine Mischung aus Freude und Todesangst pocht in seiner Kehle. Noch einmal schickt er einen fahrigen Abschiedsgruß ins Innere des Klosters, und dann hat ihn die Straße wieder.

Sandsteinhäuser zwischen Kaufhausplattenbau. Toreinfahrten, die auf schlafende alte Innenhöfe führen. Abschußrampen in Tiefgaragen, »Fußgängerzone«, »Straßencafé«. Binnen einer Viertelstunde sind die letzten Reste des Geschäftslebens erstorben, Verkäuferinnen hasten zu ihren Bussen, Abteilungsleiter zu ihren Autos. Kein Schlendern mehr, sondern zielstrebige Schritte: nur Simon schlendert, retardiert geradezu, betritt einen der Innenhöfe, baumbestanden, und muß an Marburg denken, jener Nachmittag, vierzehn Jahre zuvor.

Das Buch hält er in seiner schweißigen rechten Hand, weiß nicht wohin damit. Er hat keine Tasche bei sich. Vielleicht paßt es in die Innentasche seines Sakkos, es ist ein kleines Format. Mit etwas Nachdruck kann er es darin verstauen, und seine Hände sind endlich frei.

Nun retardiert er nicht mehr, seine Schritte haben ein Ziel, er versucht nicht, sich etwas vorzumachen. Noch befindet er sich auf der Seite des Frisiersalons. Man muß nur die Straße überqueren und ein paar Schritte gehen, dann —

Sie sitzt nicht an einem der Tische, sondern an der Theke, ganz am äußeren Ende, so weit wie möglich von der Tür entfernt, im Halbschatten, in dem das Weiß ihrer Kleidung leuchtet. Sie ist allein; Simon kann aus der Entfernung das Getränk nicht identifizieren, das vor ihr steht. Langsam geht er auf sie zu.

Ah!: — die Augenlider gehoben, mit feinem Lächeln. Ihre Überraschung ist gespielt. Sie hat zumindest mit ihm gerechnet, wenn nicht ihn sogar erwartet.

Ob er? Neben ihr?

Eine einladende Geste, die auf den Nebenhocker deutet. Cola trinkt sie, registriert Simon, mit irgend etwas drin. Er war noch einige Besorgungen ma-

chen, erklärt er, und möchte nun auch eine Kleinigkeit trinken. Vielleicht darf er sie zu etwas einladen? Zumal ... Zumal er heute Geburtstag hat?

Den letzten Satz bekommt er kaum heraus. Zwar
hat sie schon, aus beruflichen Gründen, in seinem
Haar gekrault, sich nah über ihn gebeugt; dennoch
war sie ihm noch nie so nah wie jetzt. Erstmals
kann er sie so richtig ansehen: die schrägstehenden
schwarzen Augen, die vollen Lippen, die Reihe der
leuchtend weißen Zähne. Bei jeder leichten Bewegung blinkt der Klunker an ihrem rechten Ohr anders auf, je nach Lichteinfall. Das Halskettchen,
nicht mehr im grellen Licht ihres Arbeitsplatzes
betrachtet, sondern im Thekenhalbschatten, weist
den Weg direkt in den Abgrund, und hier auch, ver-
flucht sei seine Nase, nimmt er ihre Witterung auf,
und was er riecht, könnte in der Tat die Beute ihres
Raubzuges im Kaufhaus, die Trophäe ihres gemeinsamen Kampfes im Abteilungsleiterbüro sein.

Vielleicht, präzisiert er, darf er sie sogar zum Essen einladen, anläßlich seines Geburtstages? Vielleicht macht sie ihm die Freude?

DIE VORSPEISE hat sie in drei Minuten weggeputzt,
und mit dem gleichen Heißhunger hat sie sich auf
ihren Hauptgang gestürzt, gebratene Hummer-
krabben mit einem Risotto. Ihre Finger, die Lippen
und das Kinn haben vor Fett getrieft, bis Simon ihr
diskret das Schälchen mit dem Zitronenwasser hin-
übergeschoben hat.

So gut hat es mir lange nicht mehr geschmeckt, sagt sie plötzlich, und in ihren Augen liest er aufrichtige Dankbarkeit. In den letzten Wochen hatte ich ein wenig Kummer, setzt sie hinzu, und ich habe wenig gegessen.

Simon fragt nicht nach: wenn sie erzählen will, wird sie es von selber tun. Statt dessen traut er sich endlich: Das Parfüm, das Sie heute tragen, ist –?

Carmen nickt: Es ist das nämliche, die Beute, das Gift. Und sie lächelt, komplizenhaft, und läßt ihre Zähne aufblitzen.

Sie waren ganz schön clever, sagt sie, allein wäre ich da nicht herausgekommen.

Simon ist geschmeichelt. Clever hat ihn lange niemand mehr genannt. Aber Sie haben auch gut mitgespielt, sagt er bescheiden und gibt das Kompliment zurück.

Dann nimmt er seinen Mut zusammen und beginnt sie auszufragen: wie lange sie schon Friseuse lernt und ob es ihr gefällt, welche Schule sie besucht hat und was ihre Eltern machen, und (nachdem er es erfahren hat), ob sie lieber in Spanien ist oder in Deutschland, und ob Sevilla so schön ist, wie man immer hört, und was sie für Interessen hat und was sie gern tut – und sie erzählt ihm munter alles, was er will, die Kleine! Löffelt dabei einen Teller von dreierlei Mousse mit Waldbeeren radikal leer, reißt zuweilen die Augen weit auf bei manchen Fragen, dann zieht sie sie wieder zu Schlitzen zu-

sammen, lacht und sieht im nächsten Moment sehr
traurig aus.

Kaffee? Ja, natürlich, Kaffee möchte sie auch
noch.

Und endlich darf Simon erzählen; zuerst fragt sie
geradeheraus, wie alt er heute wird, und Simon
nennt beschämt die Zahl von 40 Jahren.

Aber er sieht mindestens fünf Jahre jünger aus!
ruft Carmen. Ohne Schmus!

Das kann Simon akzeptieren, ohne sich spreizen
zu müssen, denn er weiß, daß es stimmt: er hört das
nicht zum ersten Mal. Überhaupt: er ist immer
noch schlank und eigentlich ein recht hübscher
Kerl (sagt er manchmal von sich selber, vorm Spiegel zu Hause, oben über der Stadt.)

Dann muß er erzählen, wie man Archivar wird
und was ein Archivar überhaupt zu tun hat, und sie
kann sich vorstellen, daß man sehr klug sein muß.
Einmal hatte sie einen Freund — sie ging noch zur
Schule —, der auch sehr klug war; sogar ein Stipendium hat er bekommen, um das Abitur machen zu
können. Er war ein Jahr in Amerika zum Austausch. Vielleicht ist er noch dort, sie weiß es nicht
so genau. Alles wird durch Stipendien bezahlt,
denn die Eltern sind nicht reich.

Sie nennt den Namen der Vorstadt, in dem Gregors Eltern wohnen, damit Simon eine Vorstellung
hat und sie einordnen kann. Ihre Traurigkeit ent-
geht ihm nicht, und zugleich nimmt er seine Eifer-
sucht wahr. Dann aber wendet sie sich wieder ganz

ihm zu: Und er ist an seinem Geburtstag allein? Er hat keine Liebste, die auf ihn wartet?

SEIN WUNSCH war es, nicht ihre Idee. Jetzt steht er am Rand und sieht zu, wie Carmen tanzt unter dem Laserlicht und wie sie einem jungen Gockel, der um sie herumtanzt, ein Lächeln schenkt. Simon kann nicht hören, was er zu ihr sagt, ob es Harmlosigkeiten sind oder Unverschämtheiten, er sieht nur, daß sie den Kopf zurückwirft und lacht und dann eine Antwort gibt, die ihn plötzlich dastehen läßt wie ein begossener Pudel. (Simon weiß nicht, wie ein begossener Pudel dasteht: aber so etwa könnte es aussehen.)

Carmen sieht zu ihm herüber, winkt ihm mit der linken Hand zu. Der junge Mann – braver Kerl, vielleicht bald Substitut – hat sich wieder gefangen. Carmen und er tanzen weiter, ohne Begeisterung, bis sie ihn stehen läßt und zu Simon zurückkehrt. Der sie fragt, ob etwas gewesen sei?

Carmen zuckt nur mit den Schultern. Plötzlich ist sie müde, sie möchte jetzt gehen, morgen ist ein anstrengender Tag, »freitags ist bei uns immer die Hölle los«.

Draußen, es ist etwas kühler geworden, stehen sie eine halbe Minute nebeneinander, bis Carmen sagt: Sie müssen mich natürlich nach Hause bringen, so spät und so dunkel, wie es ist, in einer so gefährlichen Stadt! und sie schüttet sich aus vor Lachen, die Kleine, sie lacht Simon aus oder die Stadt (die gefährliche) oder die Situation. Es ist nicht weit, setzt sie hinzu, als sie zu Ende gelacht hat.

Gern, sagt Simon ganz ruhig und nicht ohne Würde, ich bringe Sie gern nach Hause.

ALS ER ERWACHT, ist das erste, was er sieht, das zerbrochene Sektglas neben dem Bett, das kleine Malheur, das sie beide dann gezwungen hat, den Sekt nur aus einem Glas zu trinken, dem allerletzten. An seiner rechten Seite schläft Carmen ruhig weiter, er sieht sie voller Rührung an, flacher Atem, die Wimpern wie Sonnenschirme. Simon fühlt sich erneut begehrlich werden, wagt aber nicht, die Carmencita zu wecken. Statt dessen versucht er, die Bilder der letzten Nacht zu erinnern. Ihre sehr glatte Haut, die weißer war, als er geglaubt hatte (sie ist doch Spanierin!): ihm fällt etwas ein von täglichen Bädern in Eselsmilch, über die er früher einmal etwas gelesen hat. Wars eine Göttin? eine Prinzessin? eine Hirtin? Er kann sich nicht mehr erinnern; nun ist es eine Friseuse. Dann war er überrascht, daß sie einen BH trug, ein sehr hübsches Stück übrigens, die Schälchen wunderbar verziert; er hatte immer gedacht, »die modernen Frauen tragen keinen mehr«. Carmen hatte gelacht und erklärt: daß sie bei ihren ... bei ihren also sollte sie so etwas schon tragen, sonst würden sie eines Tages unansehnlich, und brachte dann die Sache auf den Punkt, sachlich: »Männer mögen keine Hängetitten.« Oder ob er, Simon...? Nein, wahrhaftig nicht. Er, Simon, hält die weibliche Brust ohnehin für ein Wunder, ein Mysterium, zusammen mit dem menschlichen Geist das größte überhaupt existierende Mysterium. Das behält er aber für sich, das sagt er ihr nicht, überhaupt muß er ihr nichts mehr sagen, wie sie sich über ihn beugt, in den Augen eine Mischung aus Gier und Geringschätzung (ja, genau das hat Simon in diesem Moment gedacht), und er riecht an ihrem Hals und hinter ihren Ohrläppchen die letzten Spuren des Gifts.

Was für eine Stunde! und er möchte darüber alle anderen vergessen, die vergangenen und noch mehr die kommenden.

Jetzt rührt sie sich neben ihm, dreht sich auf den Bauch, drückt ihren Kopf fest ins Kissen: eine deutliche Absage an den heraufziehenden Tag. Simon hat sich im Bett halb aufgesetzt, den Kopf an der Wand, und sieht in ihre Wohnung hinein, Typ Appartement, fünfundzwanzig Quadratmeter mit Kochnische und Naßzelle, zweiter Stock, ziemlich zentral, überraschend ruhig. Bilder an den Wänden, Prince, Madonna, Sevilla, aber auch ein ihm nicht bekannter junger Mann, der jener ehemalige Mitschüler sein könnte, jenes Superhirn, das man zur Pflege nach Amerika gegeben hatte. Ein paar Bücher, manche vielleicht Geschenke, andere sicher selbst erworben, und der unvermeidliche Steppenwolf streift auch durch dieses Regal.

Die Abwehr des Tages gelingt ihr nicht länger, und Carmen schlägt die Augen auf, Blick schräg nach oben, zu Simon, der ihr zulächelt. Vielleicht will sie ihn begrüßen, aber nur ein Räuspern kommt heraus, ein Brummen fast. Guten Morgen, sagt Simon, etwas hilflos, und sie antwortet Ähnliches, ohne Lächeln. Sitzt plötzlich aufrecht und fragt nach der Uhrzeit.

Gerade halb acht, noch viel Zeit.

Das scheint sie nicht aufzumuntern.

Hör mal, sagt sie, du kannst hier nicht frühstükken, es ist nichts da. Und als er nicht reagiert: Es war schön mit dir. Man sieht sich ja ab und zu beim Friseur.

Sie lacht, aber nicht fröhlich. Dann wird sie wieder ernst. Du weißt ja nun auch, wo ich wohne, aber du darfst nicht herkommen, das mußt du mir versprechen. Das ist mein Bereich, den muß ich für mich haben.

Simon versteht; er ist schon aufgestanden und hat begonnen, sich anzukleiden. Ein bißchen das Gesicht waschen, murmelt er, und sie sagt ihm, wo er ein Handtuch findet. Als er zurückkehrt, sitzt sie noch immer aufrecht im Bett. Er will sich verabschieden, etwas betreten, aber plötzlich strahlt die Carmencita ihm entgegen und breitet die Arme aus: herkommen! Sie setzt ihm Küsse hinter die Ohren! Und ihr wunderbarer Busen streift noch einmal das Sakko, in dessen Innentasche sich streng das Buch von Carl Schmitt spannt! Sie riecht nicht mehr nach *Poison*, sondern nach dem Dunkel des vergangenen Schlafs.

Du Süßer, sagt sie und läßt ihn los. Das ist das Zeichen, daß er nun gehen muß.

Sein Auto stand noch immer auf dem archiveigenen Parkplatz, verwaist. Der Pförtner staunte: Simon so früh! Der erste heute!

Bei dem schönen Wetter, rief Simon mit soviel Schwung wie möglich und nahm den Schwung mit, um in den ersten Stock hinaufzusteigen. Eine Morgenkühle empfing ihn, ein Halbdunkel, ein ungeheurer Ordnungswille. Er setzte sich auf seinen Schreibtischsessel (diese Ausführung stand ihm zu, vom Dienstrang her), Kopf in den Nacken, Augen geschlossen, ein paar Minuten noch, bis Kollegenschritte auf der Treppe zu hören waren und draußen eine Amsel zu singen begann.

SECHSTES KAPITEL

in dem es heftige Unstimmigkeiten gibt

»Hund und Wolf, die halten's nicht lang miteinander aus.«

Prosper Mérimée
Carmen

EIN JAHRHUNDERTSOMMER, gar keine Frage! Die Zeitungen erzählten es (mit Rückblick in die Temperaturgeschichte), die Fernsehmetereologen sogar benutzten das Wort. Man brauchte ja nur an die vergangenen Jahre zu denken, nur den Vergleich zu ziehen, schon war der Jahrhundertsommer geboren, schwer zu zählen allerdings, um den wievielten es sich handelte, in diesem fortgeschrittenen, stark gealterten Jahrhundert.

Jeder jedenfalls suchte den Schatten: den Schatten von Baumkronen oder Markisen, von vorspringenden Giebeln oder mütterlichen Torbögen. Auch Simon, der einsilbig war in diesen Tagen, ungern seinen Schreibtisch verließ, höchstens, um einmal eine angemeldete Gruppe durchs Haus zu führen, hinunter in die dämmernde Kühle des Zugangskellers und dann weiter in die langen Fluchten, die manchen der Besucher schon wieder frösteln ließen, Simon, der auf den Konferenzen ebenso wie bei den Begegnungen auf den Fluren oder im Foyer (fünfziger Jahre) fast stumm blieb, gerade soviel sprach, daß es nicht unhöflich wurde, kein Affront gegen die geschätzten Kollegen.

Mittags ging er jetzt in ein stilles kleines Restaurant in Rheinnähe, das er neu entdeckt hatte; dort begrüßte man ihn nach einer Woche schon wie einen alten Bekannten, allerdings auch wie eine Respektsperson. War er etwa keine?

Von der City hielt er sich fern, und abends eilte er ohne Umwege, ohne Zögern hügelaufwärts, pflegte seinen Klostergarten und die Beschäftigung mit dem Ordnungsdenken seit Thomas Hobbes. Einfach so. Wie war er darauf gekommen? Er wußte es nicht mehr.

Vor dem Einschlafen nahm er ein Bad, und morgens erwachte er sehr früh, genoß eine Stunde Stille und die Morgenröte. Manchmal dachte er daran, katholisch zu werden, um im Notfall einen Platz zu haben für die Beichte.

Sein Arbeitsplatz aber war erstmals wieder dem Fenster zugewandt! Wenn er von der Arbeit aufblickte — aber arbeitete er denn? träumte er nicht vielmehr über Schriftstücken? —, sah er auf die Karmeliterstraße. Viel zu sehen war dort nicht, ein paar Passanten, Autos, die einen Ruheplatz suchten, Frauen in Uniform, die an Scheibenwischern herumfummelten.

Ein paar hundert Meter weiter — Luftlinie — wußte er *sie* an der Arbeit, und wenn er an sie dachte, geschahen merkwürdige Dinge mit Simon, der auch nach vierzehn Jahren der Wehrloseste und Ohnmächtigste von allen war. Zu wehren suchte er sich mit ganzer Kraft, aber die Ohnmachten überwältigten ihn immer wieder, mannshohe Wellen, die über ihm zusammenschlugen, heftige Strudel, die ihn in Untiefen rissen.

Tapfer wiederholte Simon jedesmal, wenn er daraus emportauchte, den Satz, den sie nicht gesagt hatte: Schlag dir die Carmencita aus dem Kopf!

DIE TAGE DER SCHAFSKÄLTE kamen und das Massaker auf dem Platz des Himmlischen Friedens. Wie vernichtend die Geschichte ist, im buchstäblichen Sinne, dachte der promovierte Historiker Simon, die Geschichte in ihrem Gang, der am Ende in die Archive führt.

In der zweiten Woche kehrte der Sommer zurück, mit furchtbarer Kraft. Offene Fenster, Musik aus allen Winkeln. In der Luft lag ... alles Mögliche. Selbst oben über der Stadt, auf Klosterhöhe, schienen sich die Sitten zu lockern. Im Nachbarhaus hörte er mehrfach eine offenbar brandneue Leidenschaft sich artikulieren: ausdrucksstark.

Simon sah sich gezwungen, die Fenster zu schließen.

Im Dienst schloß er die Tür, mit Nachdruck, setzte ein Zeichen: Kollege Simon in Klausur. Das wurde verstanden.

In Klausur zu sein, hatte er Grund und Auftrag. Man hatte ihn dazu ausersehen, ein Merkblatt zu schreiben für Benutzer und Besucher des Archivs, eine allgemeine Information über Aufgaben und Arbeitsweisen von Archiven überhaupt. Erstmals seit langem war Simon wieder Autor, Urheber, Schöpfer. *Von Archiven und Archivaren* wollte er das Merkblatt überschreiben: der Titel stand zuerst fest.

Man hatte ihm Zeit eingeräumt, die nahm er sich reichlich und sah aus dem Fenster. Dann und wann kritzelte er ein paar Sätze oder Halbsätze aufs Papier, in jener nervös zitternden Mikroschrift, die der seines Vaters immer ähnlicher wurde, Linien, die einem Elektrokardiogramm glichen. Vom Registraturgut, vom Archivgut und vom Archivbildner sprach Simon, von der Archivwürdigkeit und dem Kassieren, vom Provenienzprinzip und dem Findbuch. Er hätte diese Arbeit in drei Stunden abschließen können, aber er erhielt sich den Autorenstatus eine Woche lang. Seine Tür blieb geschlossen, und niemand wagte auch nur anzuklopfen. Oft stand er am Fenster, viertelstundenweise. Wie still es war auf der Straße, wie wenig geschah! Die Stille, das Dunkel, der Tod begannen nicht etwa erst hier oben: dort draußen nahmen sie ihren Anfang.

Seine Gedanken folgten der Luftlinie: stadteinwärts.

Der vierzehnte August wird mein letzter Tag, sagte der Buchhändler. Simon schnupperte an den Regalen, ging den Gerüchen nach, mit denen die Bücher ihn zu locken versuchten, dann wanderten seine Fingerspitzen wieder über die gewölbten Rücken, nahmen die hundert kleinen Sensationen der Berührung auf.

Der junge Mann übernimmt ab September, erzählte der Buchhändler weiter, vierzehn Tage ist der

Laden geschlossen. Vielleicht will er noch renovie-
ren?

Hoffentlich ändert er nicht zuviel, sagte Simon,
ich habe es immer so gemocht, wie es ist. Die nehme
ich: und er hielt dem alten Mann zwei ganz unter-
schiedliche Bücher hin, fest und schlank und weiß
das eine, und ein grüner schmaler Gürtel lief um
seine Taille, die Nummer einhundertachtzehn von
über tausend Geschwistern, alle im schlichten und
doch eleganten Kleid; das andere blaßgrau und vo-
luminös, dabei aber biegsam, sein Rücken nicht
nach außen gewölbt, sondern nach innen gekehrt,
ein Buch mit einem Hohlkreuz; ein Werk der Imagination das eine: »Kann man Roman nennen, was
wir machen? Es ist etwas anderes … c'est un travail
d'imagination«, das andere das eines gelehrten
Fleißes, des Spürsinns, der Beharrlichkeit, der Ver-
neigung vor dem großen Geist und des schüchternen Vertrauens auf den eigenen. Eine Summe an
die sechzig Mark hatte Simon im Austausch dafür
hinzulegen.

Und was werden Sie dann tun? fragte er den
Buchhändler.

Zum ersten Mal sah er den alten Mann wirklich
lächeln, fast ein wenig schadenfroh.

Ich werde die Stadt und das Land verlassen, sagte er. Ich verkaufe meine Wohnung und nehme nur
meine Bibliothek mit. Wissen Sie, man traut es sich
kaum zu sagen, aber ich habe seit über zehn Jahren
eine kleine Wohnung auf Gran Canaria. Da werde

ich meine letzten Jahre verbringen. Hoffentlich sind es noch viele, denn ich habe noch manches zu lesen. Im Berufsleben kommt man ja nicht dazu.

Eine Wohnung auf Gran Canaria, wiederholte Simon.

Ganz recht, sagte der Buchhändler, froh erzählen zu können. Hier hat mir immer die Sonne gefehlt. Da unten ist daran kein Mangel, und in Kontakt mit der deutschen Kultur bleibe ich auch. Wenn es mir zu eintönig wird, fliege ich ab und zu nach Marokko. Früher habe ich mal drei Jahre in Marrakesch zugebracht. Europa sieht mich jedenfalls so schnell nicht wieder. Tüte?

Tüte, wiederholte Simon, Tüte ja.

IM HADES wars lauter, quellender, duftender denn je. Simon war heute gar nicht nach Form, Disziplin, Askese; er hätte sich in den Früchten suhlen mögen, die auf vielerlei Tischen aufgetürmt waren, Farbgewölle wie bei Macke, ihm war nach dem Dschungel zumute, oder der Südsee, er wußte es nicht genau: vielleicht doch eher Gauguin? Sanfte, wilde Weiber mit goldener Haut? Jedenfalls kaufte er ein!

Englische Konfitüre gleich in drei verschiedenen Geschmacksrichtungen, Lamm aus Neuseeland (tiefgefroren), allerlei Gemüse, Kräuter ebenso, die dufteten ihm entgegen aus seinem Einkaufswagen, vielerlei Nudeln für den Vorrat, nur von den besten Firmen. Und manches mehr: achtnneunzch viernvierzch wollte die Kassiererin von ihm haben, nachdem ihre Maschine es ihr vorgerechnet hatte, und einssechsnfünfzch klickerten in die Rückgabeschale, während Simon die Lebensmittel, von denen er höchstens ein Drittel brauchte in den nächsten Tagen, in seine Tasche packte. Aber kein Bedauern, heute wollte er die Fülle. Er konnte sich nicht für den Rest seines Lebens zurücknehmen, schmal machen, verschwinden; er mußte sich auch einmal erweitern, vergrößern, vermehren, verströmen.

Oben sah er sie, wieder streifte sie träumerisch durch die Parfümerieabteilung, nahm dieses in die Hand und jenes, roch, zog die Stirn kraus, riß die Augen weit auf, um ein Etikett zu entziffern. Sah sich aber nicht sichernd um, kontrollierte nicht ihre Nachbarschaft, war offenbar nicht darauf aus, einen neuen Beutezug zu machen. Sie trug Jeans und ein weißes T-Shirt mit dem Aufdruck irgendeines chinesischen Schriftzeichens (in Rot). Ihr rechtes Ohr schmückte diesmal ein güldner Anhänger in Form einer Sternschnuppe. Simon blieb in einiger Entfernung stehen und sah ihr zu, seine Herzfrequenz stieg. Dann geschah es doch: in einer einzigen ruhigen Bewegung, zugleich schnell wie der Blitz, hatte sie ein Fläschchen *Fendi* in ihrem schwarzen Handtäschchen verschwinden lassen. Simon sah prüfend auf die in der Nähe befindlichen Fachverkäuferinnen; keine hatte etwas bemerkt. Mit schnellen Schritten trat er auf Carmen zu, sprach sie von hinten an: Guten Tag, junge Frau. Sie wurde starr vor Schreck: nun war es aus, diesmal würde sie nicht davonkommen, drehte sich dann zitternd dem Mann zu, der sie angesprochen hatte, und stieß einen kleinen Schrei der Erleichterung aus, der die Aufmerksamkeit der Umstehenden auf sich zog, Verkäuferinnen eingeschlossen.

Du hast mich vielleicht erschreckt! Daß es dich überhaupt noch gibt!

Er habe viel zu tun gehabt in den letzten Wochen, sagte Simon. Du mußt bald nachschneiden lassen, sagte Carmen nach prüfendem Blick in normalem Ton. Komm bald zu uns, oder wirst du uns untreu, Simonito?

Die ungewöhnliche Koseform seines Namens berührte ihn, machte ihn weich. Er lud sie auf einen Kaffee ein – aber schnell, sagte Carmen, denn sie hatte nur eine Pause und mußte bald zurück sein –, und draußen sagte er: Das ist sehr riskant, was du machst. Willst du dich unbedingt ins Unglück stürzen? Geh doch wenigstens mal in ein anderes Geschäft, wo du noch nicht aufgefallen bist.

Du hast es also gesehen, sagte Carmen gleichmütig.

Simon nickte. Und du kannst von Glück sagen, daß ich der einzige war.

Die anderen gucken mich nicht so genau an, erklärte Carmen. Kluges Kind.

Sie gingen nicht in die Bar vom achtzehnten Mai, sondern sie führte ihn in ein Eiscafé, in dem sich Schüler über Stuhllehnen lümmelten und Mitschülerinnen aus Pickelgesichtern heraus anstarrten.

Sie zog ihn in die äußerste Ecke des Cafés, weit entfernt vom Pulk der nachfolgenden Generation, deren eruptive Lärmausbrüche sie mit mißbilligenden Falten kommentierte. Fehlt nur noch, dachte Simon, daß sie gleich anfängt, über *die jungen Leute* herzuziehen.

Sie zog aber einen Spiegel aus der Tasche und begann sich zu putzen: ein Aufwerfen der Lippen, eine Kontrolle an der rechten Wange und an der Stirn; dem Lidschatten mußte nachgeholfen werden. Simon sah ihr zu und war unfaßbar gerührt angesichts ihrer selbstvergessenen Sorge um sich selbst. So ging es ihm immer, wenn er eine Frau sich putzen sah, und keine Spur Überheblichkeit oder auch nur Ironie war in seiner Rührung, sondern nur Bewunderung: Bewunderung und vielleicht eine Spur Neid.

Die Carmencita hatte – für diesmal – ihre Arbeit abgeschlossen. Ich habe manchmal an dich gedacht, sagte sie, und ob ich dich noch einmal wiedersehe.

Er habe viel zu tun gehabt in den letzten Wochen, wiederholte Simon. Es sei das erste Mal seit Wochen, wirklich, daß er überhaupt wieder Zeit habe, in der Stadt Besorgungen zu machen.

Da hast du aber gleich mächtig eingekauft, sagte Carmen und zeigte auf die Tasche, in der sich die Trophäen seines Beutezugs stapelten und aneinanderdrängten. Gibst du ein Fest, oder ist das der Vorrat für die nächsten drei Wochen?

Sie war ganz offenkundig dazu aufgelegt, ihn ein wenig zu hänseln und es nicht gar zu ernst werden zu lassen, und Simon unterlief das mit unerschütterlicher Würde.

Wem er denn ein Fest geben solle, sagte er, da er doch kaum jemanden kenne. Manchmal kaufe er eben auf Vorrat, um in seinem Haus ungestört und gut versorgt zu sein.

Aber dir könnte ich natürlich mal ein Fest geben, sagte er, ich könnte für dich kochen. Du wirst sehen, daß ich ein guter Koch bin.

Carmen lachte. Du hast seltsame Ideen, Simonito. Aber warum eigentlich nicht?

Heute abend? stieß Simon sofort nach und konnte nicht ganz und gar die Gier in seiner Stimme unterdrücken.

Sie schüttelte den Kopf und sagte unbestimmt: Das geht nicht. Simon stieß weiter nach, diesmal nur mit einem Blick, der deutlich fragte: Wann? Wann? Wann werden wir unser Liebesmahl haben?, und Carmen beantwortete die stumme Frage: er solle schnell einen Termin im Salon machen, und an dem Abend könnten sie dann gemeinsam zu ihm fahren.

Du hast es sicher schön dort oben, sagte sie.

Ein bißchen einsam.

Weißt du, fuhr Carmen fort, eigentlich sollte ich mich nicht mit dir einlassen. Du bist ein hübscher Mann, und ich mag dich gut leiden, weil du viel klüger bist und nicht so aufdringlich wie die Jungen, die um mich herumtanzen. Aber du bist doppelt so alt wie ich – sie rechnete angestrengt nach: noch mehr! –, und das geht niemals gut.

Warum soll es nicht gut gehen? beharrte Simon. Wenn man nur will, setzte er hinzu: gegen all sein besseres Wissen, seine Erfahrung, seine Intelligenz. Lästige Einflüsterer, mickrige Agenten der Vernunft!

Na, lachte Carmen, hatte ihre Munterkeit wiedergewonnen, es wird schon unglücklich genug ausgehen. Trotzdem, bis bald: und sprang auf, gab ihm einen Kuß auf die Wange, und weg war sie, denn ihre Pausenzeit war überschritten.

Seinetwegen, immerhin.

DAS WAR FREITAGS. Simon fuhr nach Hause und machte einen Termin für den kommenden Dienstag, abends um achtzehn Uhr. Die Rezeptionistin erkannte seine Stimme am Telefon.

Am Wochenende, das dazwischen lag, trieb ihn keinerlei Unruhe, keine angstvolle Erwartung ließ ihn zittern oder ziellose Bewegungen auf Autobahnen ausführen. Kaum dachte er an sie, fragte sich nicht, was sie wohl tue an ihren freien Tagen. Überhaupt gingen seine Gedanken nicht nach unten ins Tal, in den Kessel der Stadt, sondern blieben oben auf der Höhe des Stadtteils Karthause, am Rande des Waldes, auf der Terrasse des kleinen Hauses am Pappelweg. Dort saß Simon und las ein Buch über die Liebe (»Die Notwendigkeit des vorliegenden

Buches hängt mit der folgenden Überlegung zusammen: daß der Diskurs der Liebe heute von
extremer Einsamkeit ist.«), las mit voller Konzen-
tration, mit Genuß und mit einer Gelassenheit, als
ginge ihn das alles gar nichts an.

Dort saß Carmen, einige Tage danach, und wartete darauf, daß Simon sie bewirtete. Zuerst hatte
sie sich ihm in der Küche zugesellt, auch gefragt, ob
sie ihm helfen könne, was er scharf zurückgewiesen
hatte. (Männer, die sich für gute Köche halten oder
auch wirklich welche sind, diese Erfahrung hatte
sie schon öfter gemacht, wiesen Hilfsangebote immer so entrüstet zurück, als habe man gerade fun-
damental an ihren Fähigkeiten gezweifelt.) Dann
hatte sie sich lieber auf die Terrasse zurückgezogen.

Fast war sie ein wenig eingeschüchtert durch das
Haus, durch den großen Wohnraum, der so sehr einer Bibliothek glich, durch den beinahe religiösen
Ernst und die Ruhe, die das alles atmete. Dafür war
sie durchaus empfänglich; das Grelle, Nervöse, der
Rap und HipHop ihrer gewöhnlichen Lebensum-
stände und ihrer Umgebung ödeten sie zuweilen an
und erfüllten sie mit einem unbestimmten Ekel. Es
war nicht schlecht, befand Carmen, einen ernsthaften Menschen gefunden zu haben.

Beinahe so einen wie Gregor.

Dann trug Simon auf!

Eine wunderbare selbstgemachte Tomatensuppe
zunächst, mit ein wenig Wein darin, dessen Aroma

sich mit dem Duft frischer Petersilie mischte. Carmen aß andächtig und schweigend, und am Ende nickte sie anerkennend: Das war sehr gut.

Oh, sagte Simon bescheiden.

Wirklich sehr gut, wiederholte sie, und Simon, abwinkend: Ein altes Rezept, das ich schon seit Jahren mache. Da kann nichts mehr schiefgehen. Laut Rezept soll man übrigens Dill beigeben, aber ich bin der Ansicht, daß in Tomatensuppe Petersilie gehört.

Dann folgten die Austern! Und Champagner dazu, fast war es Simon peinlich: ein wenig zu offensichtlich servierte er das Aphrodisiakum.

Aber die Carmencita hatte ein ganz anderes Problem: Sie hatte noch nie in ihrem kurzen süßen Leben Austern gegessen. Simon erschrak und schalt sich im stillen selber. Das hätte er sich denken müssen, und nun mußte er ihr nicht nur demonstrieren, wie mans macht, wurde dadurch zum Oberlehrer (keine sehr erotische Rolle), nein, er mußte auch noch damit rechnen, daß sie sich ekelte, daß sie empört war über das widerliche Zeug, das er ihr vorzusetzen wagte, wie bei vielen die erste Bekanntschaft mit Austern eher Ekel hervorruft als Entzükken, und die positive Wirkung, die er mit seiner Tomatensuppe erzielt hatte, würde nun doppelt und dreifach aufgehoben, würde vernichtet werden.

Er machte es ihr vor: wie man mit dem Gäbelchen die Meeresfrucht aus der Schale löst, wie man sie verschlingt – gierig muß man sein, das ist nichts

für die gemessene zivilisierte Annäherung, hier
muß das Begehren hervortreten, lüstern und unbe-
kleidet! –, wie man das Wasser schlürft, und dazu,
sagte Simon, immer kräftig Champagner! (Das
spült ihren Ekel vielleicht weg, hoffentlich.)

Geschickt stellte sie sich an, immerhin. Sie tat,
wie ihr geheißen, und schlang und schlürfte, und
dann stürzte sie den Champagner hinunter, und
ängstlich und gespannt beobachtete Simon ihr Gesicht.

?!?

Schon machte sie sich über die nächste Auster
her, im gleichen Stil wie zuvor, und ihr Gesicht hell-
te sich immer mehr auf, es kam die dritte (und letzte! denn Simon hatte befunden, für jeden seien drei
genug), die sie mit deutlicher Begeisterung vertilg-
te, und dann sagte sie, ein wenig altklug zwar, aber
doch mit spürbarem Enthusiasmus: Daß mir das
bisher entgangen ist! Ich will jeden Tag Austern!

Simon lächelte. Schlug die Augen nieder. Dankte
still den Göttern.

Dann kam er als Zauberer und trug auf: Lamm-
keule mit Spinatfüllung, dazu neue Kartoffeln und
Tomaten in Petersilienbutter, das Ergebnis gründ-
licher Vorbereitung am gestrigen Tage und fiebern-
den Bangens am heutigen. Aber wenn er sich etwas
intensiv wünschte, gelang Simon alles: nur daß er
das nicht wußte. Carmen war schon vom Anblick
des Menus hingerissen; sie begann ihn zu bewun-

dern, als sie davon gekostet hatte. Simon schenkte kräftig roten Bordeaux ein, eine Spur dunkler als der große rote Ring – vielleicht ein Rubin? er kannte sich leider nicht aus –, den sie am Mittelfinger der linken Hand trug, ein gewaltiges, grelles Stück, das fast den ganzen Finger bedeckte: und gleich daneben, am Ringfinger, ein nicht minder großer Klunker, pechschwarz, so daß, wenn sie die beiden Finger aneinanderrieb, er beinahe an eine Tänzerin erinnert wurde, die die Kastagnetten schlug. Sie aß still und mit Hingabe. Noch immer war die Sonne nicht ganz verschwunden, wenn auch die ersten Streifen der Dämmerung zu erkennen waren, und obwohl es hier oben auf der Höhe nicht mehr wirklich warm war, schien sie das Essen erhitzt zu haben, und sie öffnete den obersten Knopf ihrer schwarzen Leinenbluse und sagte, keineswegs kokett: Puh, jetzt ist mir ganz heiß.

Nun gibt es eine Erfrischung, sagte Simon und stand auf, um in die Küche zu gehen. Sie sah ihm hinterher und dachte noch einmal, daß es wirklich nicht schlecht war, einen ernsthaften Menschen kennengelernt zu haben, zudem einen, der sich so wunderbar um sie bemühte. Und er sah hübsch aus, das mußte sie zugeben: einen Archivar hatte sie sich immer ganz anders vorgestellt. Ach was, sie hatte sich Archivare überhaupt nicht vorgestellt!

Aber er war vierzig Jahre alt! Vierzig! Und wenn auch seine Haut glatt und weich und fast ohne Falten war und wenn er auch keinen Bauch hatte und nicht roch wie ein alter Mann, er war doch —

Nun kam Simon mit dem Dessert zurück, ein erneutes Dokument seines anrührenden Bemühens: es rührte sie wirklich an, und immer wieder überraschte es sie, wie weich, wie schön, aber auch wie unendlich hilfsbedürftig Männer wurden, wenn sie eine Frau ganz und gar und ohne allen Vorbehalt haben wollten.

Sie fragte nach dem Namen der Kreation, und Simon erklärte: Bavarois mit Orangenlikör, dazu Orangenfilets, Erdbeeren und gehackte Pistazien.

Was ist Ba…?

Bavarois, wiederholte Simon. Nichts weiter als eine Eigelbcreme mit Zucker, Gelatine, Schlagsahne und hier noch Orangenlikör. Sieht kompliziert aus, ist aber ganz einfach.

Die Carmencita gab sich damit zufrieden und machte sich über das so Beschriebene her, und obwohl sie beim Hauptgang gestöhnt hatte, wie satt sie schon sei (und, unausgesprochen: die Figur! bei ihrer geringen Körpergröße ging schließlich alles gleich in die Breite), erwachte nun neuer Appetit, und sie ließ sich noch eine Portion geben. Dann lehnte sie sich mit einem Seufzer zurück und fragte: Wo hast du nur so gut kochen gelernt, Simonito?

Simonito, immer weich gestimmt, wenn sie ihn so nannte, antwortete träumerisch: Nun, ich habe fast immer allein gelebt — und er mußte aufpassen, nicht in Tränen auszubrechen.

Hattest du denn nie eine Frau?

Ich kannte viele Frauen, sagte Simon unbestimmt (und hoffte, sie möge nicht unterschwellig
das Erkennen heraushören, im biblischen Sinne),
aber ich habe niemals geheiratet.

Und nun ist es zu spät?

Vielleicht nicht.

Den für das Bavarois benutzten Orangenlikör
hatte er mit hereingebracht und schenkte nun ein:
zum Abrunden, sagte er, und in der beginnenden
Dunkelheit tranken sie ganz langsam und schwiegen. Es war nichts mehr zu sagen, weil beide fühlten, daß nun, nach den wechselhaften Freuden des
Essens und Trinkens, den verschiedenfarbigen
auch (mattes Rot, Champagnergold, Erdfarben,
Bordeauxrot, am Ende das Farbenspiel eines Som-
mertags), daß nun, nach der prickelnden Leichtigkeit des Anfangs, der sättigenden Trägheit der
Mitte und der trunkenen Süße des Endes, daß nun,
da ihre Körper angenehm träge geworden waren,
ohne satt zu sein, die Zeit der Liebe gekommen
war.

ZUERST WÜRDE ER ihre Schläfen zwischen die Fingerspitzen beider Hände nehmen, dann die rechte
Hand in ihren Nacken legen und ihren Kopf ganz
langsam an den seinen ziehen, und ihre Augen würden sich verengen wie damals, in dieser Mischung
aus Gier und Geringschätzung: aber sie würde die
Lippen öffnen, und ihre Zunge würde mit seiner

Zunge spielen, und Simons Atem begänne schwerer und heftiger zu werden.

Danach würde er den zweiten – und letzten – Knopf ihrer Leinenbluse öffnen, ihr die Bluse von den Schultern streifen und flüstern: Du bist schön, schöner als alle Frauen, die vor dir gelebt haben und nach dir leben werden. Carmen würde leise lachen und ihn ein wenig von sich schieben, während er den Stachel des Begehrens wachsen und wachsen spürte, bis es schmerzhaft zu werden begann, und auch sie würde ihn spüren, weil er sie wieder an sich gezogen hätte. Dann würde er mit einer ganz leichten Bewegung – der vollkommensten seines Lebens – sie ganz von ihrer Bluse befreien, die zu Boden gleiten würde, und er würde ihren kurzen besorgten Blick registrieren, ob er nicht etwa drauftrat.

Nun aber hätte auch sie schon schwer zu atmen begonnen, und Simons Hände würden auf ihren Rücken wandern und dort eine Minute lang retardierend verweilen, bevor sie sich an den Häkchen und Ösen zu schaffen machten, um ihre weißen Marmorkugeln aus den schwarzen Futteralen zu befreien, in denen sie schlummerten.

Schlummerten?

Sein Kopf würde auf ihren entblößten Busen niedersinken, und er würde sagen: Oh, das ist ..., aber er würde einfach keine angemessenen Worte finden, um ihr zu sagen, wie das sei. Er würde stammeln und dann verstummen und mit den Tränen kämpfen, dann den Kopf heben und noch einmal ihre Lippen suchen. Carmen wäre jetzt etwas verwirrt, auch beunruhigt, weil sie nicht wußte, was mit ihm los war, nicht wußte, daß er überwältigt war von dem Wunder, das er für größer noch hielt als das des menschlichen Geistes.

Er würde dann einen Schritt von ihr zurücktreten und mit gepreßter Stimme sagen: Zieh dich aus, alles, aber sie würde ihn beim ersten Mal nicht verstehen, weil die Erregung seine Stimme völlig tonlos gemacht hätte, und er mußte noch einmal mit größerer Festigkeit wiederholen: Zieh dich aus, alles — bitte.

Sie würde seiner Aufforderung folgen, lächelnd und ohne Koketterie, eher sachlich, und im letzten Moment würde er sie bitten: Laß die Schuhe an. Carmen würde nackt vor ihm stehen in ihren hochhackigen schwarzen Schuhen und ihn fragen: Und du, ziehst du dich nicht aus?

Simon würde nun seinerseits ihrer Aufforderung folgen, hastig und ungeschickt, von seinem Hemd würde der zweite Knopf von oben abspringen, und dann führte er sie ganz langsam zum Bett und begann, sie abzulecken wie eine Katze ihr Junges, einmal würde sie sagen: Das kitzelt! und lachen, ihn auf den Rücken werfen, um sich einen Moment zu befreien, an ihm heruntersehen und erneut lachen (und erröten, wahrhaftig erröten!), weil sie nun sehen konnte, daß er sehr großen Gefallen an ihr fand.

Später — wenig später? viel später? er hatte darüber keine klaren Vorstellungen — würde er kleine

Seufzer ausstoßen wie jemand, der sehr großen Kummer hat und sich verzweifelt davon freizumachen sucht, die Seufzer würden länger und lauter werden, bis er zu schreien begänne, und am Ende würde ein einziger langgezogener Schrei stehen, weit oben über den Hügeln von Koblenz, etwa so: Jaaaaaaaa!,

und zur gleichen Zeit würde sie mit überraschend tiefer Stimme ächzen und stöhnen, wie jemand, der eine schwere Last eine steile Treppe hinaufträgt, und kurz nach Simons Schrei würde sie sagen, als habe sie die Last endlich auf der obersten Treppenstufe abstellen können: Ooih.

Genauso würde es sein. Simon stellte sein leeres Likörglas ab und sagte: Komm mit, du hast das obere Stockwerk noch gar nicht gesehen.

AN DIESER ECKE kannst du mich absetzen, sagte Carmen am anderen Morgen, die letzten hundert Meter gehe ich zu Fuß. Kurz vor neun war das, und auf der Fahrt talwärts hatte sie in sich hineingeschwiegen und war seinem seitlichen Lächeln ausgewichen, so daß er am Ende fragte: Hast du was? Sie sei nur müde, sagte Carmen, das sei ja auch kein Wunder, nach so einer Nacht. Das hatte seine Bangigkeit beruhigt und ihm geschmeichelt – und nun wollte sie hundert Meter vom Geschäft abgesetzt werden, während Simon doch gehofft hatte, mit ihr vorfahren zu können! Möglichst viele ihrer Kollegen sollten zur gleichen Zeit ankommen: Mario und die Rezeptionistin und Bärbel und Roswitha und Kai und womöglich gar die Chefin, während er Carmen einen leidenschaftlichen Abschiedskuß gab und ihr dann die Tür öffnete. Ein jeder sollte sehen, daß er ihr Conquistador war!

Sie gab ihm einen keuschen Kuß auf die Wange, und er: ob man sich wiedersehen werde?, und sie: aber sicher doch!, ernster dann und mit sehr viel Nachdruck: Häng nicht dein Herz an mich. Ich meine es nur gut mit dir, Simonito.

Da war er wieder, der zärtliche Name.

Dann schlüpfte sie aus dem Auto und verschwand mit schnellen Schritten um die Ecke. Simon starrte blind hinterher.

Abends stand er in einem Hauseingang und sah auf das Fenster im zweiten Stock des gegenüberliegenden Hauses, das ein wenig offenstand und hinter dem der zugezogene Vorhang sich manchmal in einem Windzug bewegte. War sie zu Hause? Sollte er hinübergehen und auf die Klingel mit dem handgeschriebenen Schild Vasquez drücken? Und was sollte er sagen, wenn sie vor ihm stand in der halbgeöffneten Wohnungstür, unwillig vielleicht, ihn hereinzulassen? Hatte sie ihm nicht verboten, spontan zu ihr zu kommen?

Dann kam ihm ein ganz anderer Gedanke: daß er nicht gleich darauf gekommen war! Bei ihm in der Wohnung läutete das Telefon, immer und immer wieder; seit einer Stunde schon versuchte sie, ihn zu erreichen, um ihm alles zu erklären! Sie war schon ganz verzweifelt, bald würde sie es aufgeben! Er mußte sofort nach Hause, noch war es vielleicht nicht zu spät. Ganz sicher war ihr inzwischen aufgegangen, daß ihre plötzliche Kälte – konnte man Kälte sagen? mußte man es nicht eher Zurückhaltung nennen, Verwirrung, Schatten eines Zweifels? –, daß ihre Zurückhaltung heute morgen also ein entsetzlicher Irrtum gewesen war. Er mußte sofort los, es ging um Minuten, um Leben und Tod.

Dann fiel ihm ein, daß sie seine Telefonnummer gar nicht kannte, und er verfiel in Apathie. Es wäre auch zu schön gewesen.

Dann erinnerte er sich, daß er im Telefonbuch stand, wie alle anderen unbescholtenen Bürger auch. Jetzt los!

Die Haustür wurde geöffnet. Ein junger Mann kam heraus, Jeans und weißes T-Shirt und eins dieser leichten Sakkos, für die er das Geld hatte vom Sparbuch nehmen müssen. Er ging weg, ohne noch einmal am Haus hochzusehen, aber ihn, Simon, konnte er nicht täuschen. Der war bei ihr gewesen. Bewegte sich nicht etwas hinter dem Vorhang? Nein, der Vorhang selbst bewegte sich wieder einmal, im Windhauch.

Natürlich hatte er nicht darauf geachtet, wer sonst noch in dem Haus wohnte, hatte nicht die Namen auf den Briefkästen studiert damals. Nicht einmal die Anzahl der Mietparteien kannte er, wußte nicht, ob es sich um Familien handelte oder um lau-

ter singuläre Existenzen. Er hatte keinerlei An-
haltspunkte; er war nachlässig gewesen; geradezu
schlampig; er hatte die Quellen nicht studiert.

Langsam ging er zurück zum Archivparkplatz,
und fast verträumt fuhr er nach Hause. Oben saß er
für den Rest des Abends am Telefon, trank die zweite Flasche Bordeaux von gestern abend aus und
rauchte eine Schachtel Zigaretten. Ich glaube, ich
werde krank, sagte Simon am Ende des Abends zu
sich selber.

VIERZEHNTER JULI! Die Geschäftigkeit des Freitag-
nachmittags empfing ihn, als er das Archiv verließ,
die Hast ins Wochenende, gelindert dadurch, daß
die Stadt leerer war als sonst: Urlaubszeit. Zum
ersten Mal seit Wochen hatte es wieder ein paar Wolken gegeben, kleine Streifen am Himmel, hinter
denen die Sonne manchmal für eine Minute verschwand. Das Merkblatt *Von Archiven und Archivaren* war heute frisch aus der Druckerei gekommen
und lag nun im Foyer des Hauses in der Karmeliterstraße; jeder Besucher konnte es mitnehmen. Der
Autor wurde nicht genannt, selbstverständlich,
aber Simons Kollegen waren des Lobes voll. Wie
einfach er die Zusammenhänge darstellen konnte,
ohne zu vereinfachen! Wie elegant seine Sprache
war! Hoffentlich hatte er seine gesundheitliche Kri-
se jetzt überwunden!

Fast zwei Wochen war er zu Hause geblieben
nach jenem Abend, der vor Carmens Haustür be-

gonnen und mit einer Flasche Bordeaux und einer Schachtel Zigaretten geendet hatte. Der Arzt, der ihn krank schrieb, diagnostizierte völlige Erschöpfung und kam dem wahren Tatbestand damit überraschend nah. Simon gab sich eine Woche den Freuden des Autismus und der Verwahrlosung hin; in der zweiten räumte er auf.

Dann fühlte er sich bereit und stark genug zum Angriff.

Natürlich wird man krank, sagte Simon zu sich selber, wenn man vor einer Haustür steht und sehnsüchtig nach oben starrt, anstatt einfach hinaufzugehen, nur weil da mal ein Wohnungsverbot ausgesprochen wurde.

Verbote, sagte Simon zu sich selber, sind dazu da, sie zu übertreten.

Es war noch Zeit, leider. Das Geschäftsleben endet später als das Archivleben, zumal an einem Freitag. Er ging zum Rhein hinunter und setzte sich auf eine Bank, dieselbe vielleicht, auf der Carmen Jahre zuvor bitterlich geweint und für immer von Gregor Abschied genommen hatte. Davon wußte Simon natürlich nichts. Er weinte nicht, er hielt ein Buch in der Hand und glaubte zu lesen.

Seine Augen tasteten die geschlossene Phalanx der Zeilen ab und fanden keine Tür, um hineinzuschlüpfen; dann wanderten sie zu den langsam vorbeiziehenden Schiffen, dann zum Text zurück. Manchmal meinte er etwas verstanden zu haben; dann störten ihn wieder die Gesprächsfragmente

Vorübergehender, und er mußte neu ansetzen. Nach einer Stunde hatte er den ersten Satz erfolgreich hinter sich gebracht, und es war Zeit zu gehen.

Fester Schritt, Simon, aufrecht und mit erhobenem Kopf! Um den Mund ein ernster Zug, aber nicht vergrämt, und jederzeit bereit, in das alles bezwingende Lächeln überzugehen. Nicht in dich zusammenzusacken: du kommst nicht als Bittsteller, du kommst, um Erklärungen abzugeben und welche zu fordern, du kommst, um Rechte geltend zu machen.

Ein wenig bang war er doch, als er in ihre Straße einbog: ob sie nicht gerade am Fenster stand. Sie sollte ihn nicht kommen sehen, er wollte alle Vorteile eines Überraschungsangriffs, einer plötzlichen Attacke ausnutzen. Aber das Fenster war geschlossen und der Vorhang zugezogen.

Mit zwei Sprüngen hatte er den schützenden Rahmen ihrer Haustür erreicht; hier unten konnte sie ihn nicht stehen sehen, selbst wenn sie sich weit aus dem Fenster beugte. Er zählte bis zehn, dann noch einmal bis fünf, dann bis drei, ehe er auf den Klingelknopf drücken wollte. Dabei lehnte er sich an die Haustür, die langsam nachgab: das Haus war sommerlich offen und empfangsbereit. Mit leisen Schritten huschte Simon die zwei Treppen hinauf, deren Stufen leicht knarrten, ein wenig zu schnell, oben mußte er eine Minute verschnaufen, zählte erneut. Waren da Geräusche im Innern der

Wohnung? Er hörte den hellen Klang von Geschirr, das gespült wurde oder auch nur von einem Platz an den anderen geräumt. Wie rührend, diese kleine Szene aus dem häuslichen, alltäglichen Leben!

Die Glocke, zweistimmig, dunkel volltönend, wie ein gemessenes und zugleich entschlossenes Anklopfen.

Er hörte ihre Schritte, dann ihre Stimme: Ich gehe schon! – das galt nicht ihm, wußte Simon sofort, sie hätte sonst auch gerufen: Ich komme schon! –, das war nach innen gesprochen.

Er hörte das Summen des Türöffners für die Haustür und klopfte energisch, setzte das Zeichen: Ich bin schon hier!, nur die Tür trennt uns noch.

Die öffnete sich vorsichtig und Carmen steckte den Kopf heraus – riß die Augen auf – starrte ihn an – zischte: Ich hab dir gesagt, du sollst nicht hierherkommen! Du hast es versprochen! Hau ab!

Was ist denn? fragte eine junge männliche Stimme, hinten aus dem Raum.

Ach, sagte Simon und bemühte sich, allen Sarkasmus der Welt in seine Stimme zu legen, ich komme ungelegen. Die Señorita hat Besuch.

Ich kann Besuch haben, wann und soviel ich will, sagte Carmen, die Stimme fast tonlos vor Wut. Hau ab!

Und ich kann gehen, wann und wohin ich will, hätte Simon sagen können, ich bin ein freier Mensch!, oder: Na, stell ihn mir doch mal vor, deinen Besuch, oder auch: Dem schlag ich den Schädel ein, deinem Besuch; er hätte sie in die Wohnung zurückdrängen können oder einfach nur ihr Kinn fassen und sie an sich ziehen und ihr einen wilden, fordernden, keineswegs lieb gemeinten Kuß geben; aber Simon sagte oder tat nichts dergleichen, keine passende Replik und keine passende Bewegung fiel ihm ein, und dann hatte Carmen die Tür zugeknallt, er hörte ihre Schritte und ihren Ruf: So ein Idiot!

Wie er die Treppe hinunter und zurück an den Rhein gekommen war, wußte er nicht mehr; plötzlich jedenfalls stand er am Wasser und sah wieder die Schiffe. Sie führt einfach ihr Leben, dachte Simon erstaunt, sie führt ihr Leben, ohne mich zu fragen. Mich nennt sie vielmehr einen Idioten.

Immerhin, an der Tür war sie vollständig bekleidet gewesen.

BLIND RANNTEN SIE ineinander am Montag, als Simon sich wieder dem verbotenen Bezirk näherte, den er nicht mehr versuchen wollte zu betreten, den er aber doch umschlich. Aber sein Kopf fiel nach unten, von Nachdenklichkeit ebenso wie von Gram gebeugt. Auch die Carmencita – heute war frei! –, sonst der aufrechte Gang und der erhobene Kopf selber, war in tiefes Nachdenken versunken über einen Brief, den sie an diesem Tag bekommen hatte und schnaufte mit gesenktem Kopf vorwärts, rannte in Simon hinein wie der Stier gegen das rote Tuch.

Sie starrten einander an, und Simon fürchtete

am meisten, sie könnte ihr Urteil vom Freitag wiederholen: So ein Idiot! – vor nichts auf der Welt
hatte er in diesem Augenblick soviel Angst wie da-
vor. Aber sie begann zu lachen und sagte freundlich: Das kommt davon, wenn man mit dem Kopf
wer weiß wo ist. Was machst du hier? Wolltest du zu
mir?

Gott bewahre, sagte Simon, ich gehe nur spazie-
ren. Wenn man den ganzen Tag im Archiv gewesen
ist...

Na, sagte sie, wo wir schon ineinandergeknallt
sind, können wir wenigstens eine Tasse Kaffee trinken gehen.

Sie führte ihn in eine winzige Konditorei mit einem Kaffeestübchen im Hinterzimmer. Hier gehe
ich eigentlich am liebsten hin, sagte sie.

Eine grauhaarige Serviererin fragte nach ihren
Wünschen und nickte Carmen freundlich wiederer-
kennend zu. Kaffee wollte Simon, Carmen eine heiße Schokolade ohne Sahne.

Sie ist nirgends so gut wie hier, sagte sie, als die
Serviererin gegangen war. Dann sah sie Simon traurig an – wie sie das Gesicht wechseln kann, je nach
Bedarf! – und sagte milde: Hör mal, das vom Freitag darfst du nicht noch einmal machen.

Damit ich dich nicht mit einem Liebhaber über-
rasche?

Vom trauernden Blick zum Mitleid: Simon spürte, daß er schon wieder in die Gefahr geriet, »so ein
Idiot« zu sein.

Es war völlig harmlos, Simonito, es war Kai, und wir haben etwas für die blöde Berufsschule getan. Das war alles.

Das war wirklich alles, er sah es ihr an. Die Berufsschule! Auf die Berufsschule ging sie auch noch, seine Geliebte. Erstaunlich, aus wie vielen Einzelheiten ihr Leben bestand, von denen er keine Ahnung hatte. Er war rasend eifersüchtig auf die Berufsschule.

Warum durfte ich dann nicht reinkommen?

Du hättest gedurft, wenn du vorher angerufen hättest. Ich mag nur keine Überraschungsangriffe.

Dasselbe Wort, das er am Freitag gedacht hatte.

Ich habe deine Telefonnummer nicht.

Es gibt Telefonbücher, gab sie zu bedenken.

Und jetzt? Ob er jetzt zu ihr kommen dürfe?

Jetzt?

Jetzt!

ACH, es schien der Mond die ganze Nacht.

An deren Ende fragte Simon sie, ob sie ihn heiraten wolle. Du hast mich einmal gefragt, erinnerte er sie, ob es für mich zum Heiraten zu spät sei, und ich habe geantwortet: Vielleicht nicht. Willst du mich heiraten?

Es folgten Ewigkeiten.

Dann endlich sagte die Carmencita, ihre Brüste mit den Armen beschützend — nachdem sie etwa dies gedacht hatte: Heiraten! Ich war dreimal mit ihm im Bett! Heiraten! Ihn heiraten! Ihn, der schon die Hälfte seines Lebens hinter sich hat und da oben zwischen seinen Büchern haust wie ein Einsiedler! Unsere Kinder (die würde er noch hinkriegen) würden glauben, ihren eigenen Großvater vor sich zu sehen! Mein Vater ist gerade vier Jahre älter als er! –, dann sagte sie also: Nein, ich kann dich nicht heiraten. Ich bin schon versprochen.

Versprochen. Ich bin schon versprochen. Wo hatte sie den Ausdruck her, dachte Simon, in welchem Jahrhundert leben wir denn? Bin ich der Archivar oder sie?

Das ist ja ganz neu, an wen denn, wenn man fragen darf?

Du wirst es sehen.

Und immer mal wieder, sagte Simon, in leichter Übertreibung, was die Quantität anging, sei sie mit ihm ins Bett gegangen. Da werde sich ihr Zukünftiger aber freuen, wenn er das erfahre.

Sei nicht blöd, Simon, sagte sie (sie beraubte ihn des Diminutivs, des zärtlichen Diminutivs), es ist ganz neu, eigentlich erst seit heute.

Sie glaubte nicht zu lügen; es stand in dem Brief von heute. Es stand nicht darin, wenn man es genau nahm, aber sie, sie konnte zwischen den Zeilen lesen.

Der Tag begann, als Simon nach Hause fuhr. Er würde im Archiv anrufen, ein überraschender Rückfall, nichts Ernstes aber, morgen würde er wieder da sein.

Nach oben, heraus aus der Stadt: von Minute zu Minute erreichten seine Gedanken eine Klarheit, wie er sie seit dem Marburger Staatsarchiv nicht mehr gekannt hatte. Versprochen! Er war ihr zu alt und zu staubig, das war es. Sie hatte ihn ganz interessant gefunden, vielleicht sogar attraktiv, aber nicht eine Sekunde war sie auf den Gedanken gekommen, ihr Leben mit einem alternden Mann zu teilen.

Rache! Habe ich nicht Augen, Sinne, Hände, Neigungen, Leidenschaften? Wenn ich eine schöne Frau sehe, die mir gefällt, bin ich nicht erregt? Wenn ich sie zu lieben beginne, habe ich nicht das Recht, um sie zu kämpfen? Wenn man mich sticht, blute ich nicht? Wenn man mir Gift gibt, und sei es mit Worten, sterbe ich nicht? Wenn man mich verspottet, mich einen Idioten nennt, soll ich mich nicht rächen?

Er stolperte durch den Garten. Die Amsel hatte schon zu singen begonnen. Er stürzte auf den Baum zu, rüttelte dran, wollte hinaufklettern, um sie zu erwürgen, und sie flog davon.

SIEBENTES KAPITEL

in dem Gregor zurückkehrt

»L'amour est enfant de Bohême,
Il n'a jamais connu de loi,
Si tu ne m'aimes pas, je t'aime,
Si je t'aime, prends garde á toi!«

Henri Meilhac / Ludovic Halévy
Carmen

WIEDER UND WIEDER, HUNDERTFACH, las Carmen zwischen den Zeilen und sehnte den Tag herbei. Fühlte sich wieder so jung, so schön wie damals! Die letzten zwei Jahre waren doch etwas fade gewesen, wenn sie sich auch bemüht hatte, nicht Trübsal zu blasen. Sie hatte genommen vom Leben, was sich ihr bot, aber ihr Herz hatte nicht gesungen.

Der Brief, in dem sie zwischen den Zeilen las, kam aus Amerika und hatte den folgenden Wortlaut: Liebe Carmen, nach so langer Zeit hast Du mir vielleicht doch verziehen, und ich kann ein Lebenszeichen von mir geben. Amerika ist sehr schön. Ich bin jetzt an der Princeton University – das ist eine der ältesten und berühmtesten – und studiere, und es deutet sich an, daß ich vielleicht später hier bleiben kann. Eventuell gehe ich aber auch in die Computerindustrie. Ich habe viele nette Menschen kennengelernt; die Amerikaner sind sehr offen und herzlich. Am 23. Juli komme ich für drei Wochen nach Deutschland zu meinen Eltern. Vielleicht können wir uns einmal sehen. Ich bin gespannt, wie es Dir geht. Liebe Grüße Gregor.

Das war deutlich. Für sie, Carmen, die zwischen den Zeilen zu lesen verstand, war es deutlich. Gewiß, er sprach vor allem von sich selbst und von Amerika, aber doch nur deshalb, um zu zeigen, was er schon alles erreicht hatte: daß sie bald zu ihm kommen könne. »Ich habe viele nette Menschen kennengelernt.« War das beunruhigend? Ein bißchen schon (und manchmal war sie verzweifelt, weil sie dahinter das Schlimmste witterte: eine andere Frau). Aber dann! Gleich im nächsten Satz hieß es, daß er nach Deutschland komme. Der Satz war gewissermaßen ein großes *aber*. Viele nette Menschen hatte er kennengelernt, *aber* nun kam er nach Deutschland – zu ihr –, um sie zu holen. Sicher nicht gleich, aber das Versprechen wollte er schon abgeben. Nein, er sagte es nirgends, er grüßte auch nur lieb und küßte nicht, er schrieb nur Gregor und nicht *Dein* Gregor. Doch sie kannte ihn. Immer war er schüchtern gewesen, verlegen, ernsthaft, in sich gekehrt, das hatte sie doch so an ihm geliebt, damals, das hatte ihn doch so süß gemacht! Ein Stürmer und Dränger war er nicht, auch wenn es in ihm stürmte und drängte; erst wenn die Tür verschlossen und er allein mit seiner Carmen war, schlugen die Flammen hoch. Was machte es da, ob er vielleicht die eine oder andere junge Amerikanerin … Gar nichts, denn nun kam er zurück zu ihr. Und bat er nicht ganz am Anfang um Verzeihung? Ach, sie hatte ihm längst verziehen. Komm zurück, Gregor, Geliebter, komm zurück!

WIE UND WANN würde er sich melden? Er hatte nur das Datum genannt, nicht aber den Ort, an dem er ankam und die genaue Zeit. Natürlich kam er mit dem Flugzeug, von weit da drüben in Amerika, und natürlich landete er in Frankfurt – aber dann? Seine Eltern, soviel sie wußte, hatten kein Auto, konnten ihn nicht abholen. Ob vielleicht ihre Eltern? – aber sie verwarf den Gedanken sofort, wußte sie doch, daß ihre Mutter einen Anfall bekäme, wenn Gregors Name auch nur erwähnt werden würde. Für sie war er seitdem der Leibhaftige selber, schlimmer noch: der leibhaftige Schänder ihrer Tochter, ihres einzigen Kindes.

Wie öde doch so ein Sonntag in der Provinz sein kann, für ein aufgewecktes Mädchen im zweiten Lehrjahr! Wie träge alle Bewegungen sind, wie lange es braucht, bis sich ein bißchen Leben regt, bis die Kirchenglocken ihre Macht über den Tag verloren haben! Dazu war es ein brütend heißer Tag; schon bald hatte das Thermometer über dreißig Grad erreicht. Würde es Gregor gefallen, wenn ihn seine Heimatstadt so empfing, dösend in der Sonne? Welche Gefühle würde er haben, wenn er das gelbe Haus in der Vorstadt betrat und die Gerüche wahrnahm, die ihm vertraut gewesen, nun aber durch ganz andere ersetzt waren? (In der Princeton University, das war Carmen klar, roch es völlig anders als im Treppenhaus jenes Hauses.)

Sie pflegte sich, sie machte sich schön. Es war nicht Eselsmilch, in der sie badete, es war ein anderer Zusatz, aber ihr Gesicht versorgte sie mit einer Maske aus Gurkenmilch: immer noch das Beste. Sie drückte ein Pickelchen aus, das überhaupt zu entdecken sie große Mühe gehabt hatte. Ihren Busen, auf den sie stolz, der ihr aber auch oft lästig war, weil sie schwer daran zu tragen hatte (spanische Erbschaft!), wünschte sie sich jetzt noch größer, runder, schmeichelnder. Wenn sie daran dachte, wie Gregor das erste Mal danach gegriffen hatte, ungeschickt und voll schöner Begeisterung!

So früh würde er sich noch nicht melden; vielleicht war er ja noch in der Luft; auf jeden Fall mußte er zuerst zu den Eltern, aber dann – eilte er doch zu ihr? Rief sie wenigstens an? So hatte es doch in seinem Brief gestanden, und sie sah nach: »Vielleicht können wir uns einmal sehen?« Wie wenig das war: und sie begann zu weinen, aber dann erinnerte sie sich, daß er schüchtern war, und eigentlich war der Satz ja eine bange Frage, die nur mühsam seine Sehnsucht versteckte. Die Carmencita wischte sich die Tränen ab und begann von neuem mit der Arbeit am Gesicht.

Die Glocken schwiegen, und die Radios übernahmen die Macht, brüllten aus geöffneten Fenstern. Auf den Straßen trafen sich kleine Gruppen Badefreudiger, behängt mit Netzen und Taschen, in denen die Handtücher waren, das Sonnenöl, das Badezeug, die Cola und das Butterbrot, junge Leute und Schmerbäuche, Schnauzbärte und Glatzköpfe, Doloresbeine und Krampfadern, mit einem Wort: das Leben war in vollem Gang und ging weiter und weiter.

Aber das Telefon in Carmens Appartement blieb

stumm; der große Zeiger der Uhr, die in der Kochnische hing, hatte längst den Gipfel überschritten,
die brütenden Stunden der Siesta kamen. Carmen
saß in einem Sessel und lahmte: sie konnte nichts
tun, nicht sich bewegen, nicht einmal die Zigarettenasche vom Fußboden entfernen, auf die sie seit
einer Stunde starrte; sie konnte nur rauchen. Ach,
der dreiundzwanzigste Juli, der Tag, an dem die
Sonne ihrer Liebe erneut aufgehen sollte, heller
und strahlender denn je, wie erbärmlich war er, wie
still und stumm, wie höllenschwarz.

Mein Geliebter ist noch in der Luft, sagte sie sich
dann wieder, Amerika ist wirklich sehr weit. Neue
Hoffnungen stiegen auf, und für wenige Minuten
beruhigte sie sich.

Drei Uhr war es, als die Lähmung endete. Zitternd erhob sie sich aus dem Sessel – beseitigte die
Zigarettenasche – überprüfte sich noch einmal im
Spiegel (heute morgen habe ich schöner ausgese-
hen) – zählte ihr Geld nach – faltete einen Augenblick die Hände, als wolle sie beten – dachte: ich
darf den Schlüssel nicht vergessen – dachte: und
wenn er inzwischen anruft? – dachte: egal, ich
kann nicht länger warten, ich sterbe – schlug die
Tür hinter sich zu und hämmerte die Treppe hinunter – trat in das grelle, schattenlose Licht, das ihres
Heimatlandes würdig gewesen wäre – und war drei
Minuten später an der Haltestelle.

Im Bus war sie beinahe allein. Eine ältere Dame
saß auf der anderen Seite des Ganges, mit einer

Handtasche auf dem Schoß, und hinten lümmelten zwei pubertierende Knaben, die bei Carmens Einstieg zu pfeifen versucht hatten, mit jämmerlichem Resultat. Sehr lange war sie diese Strecke nicht mehr gefahren, seit jenen Sonntagsausflügen in die Vorstadt nicht mehr, bei denen sie das leere Haus angestarrt und Gregor weit weg gewußt hatte. Kerzengerade saß sie auf ihrem Sitz, die Handtasche ebenso auf dem Schoß wie ihr Pendant auf der anderen Seite. Drei Haltestellen noch, und nun stieg die ältere Dame aus, nickte ihr zu und sagte: Ich besuche meinen Enkel. Carmen nickte zurück, sagte mit großer Würde: Ich fahre zu meinem Liebsten und sah auf dem Gesicht der Scheidenden das milde Lächeln einer lange zurückliegenden Erinnerung.

Noch zwei Haltestellen und noch eine, dann war es soweit: unwiderruflich, unumkehrbar. Sie stieg vorn beim Fahrer aus, sagte gar Auf Wiedersehen, hoffte auf einen freundlichen Blick, eine kleine Ermunterung, eine Geste, ein kleines Stück magischer Kraft, das er ihr mit auf den Weg gab, aber mehr als ein Brummen wurde ihr nicht zuteil. Sie taumelte auf die Straße, lief blind drei Minuten, stand vor dem Haus.

GÖRRES war auf der zweiten Klingel von oben zu lesen (linke Klingelseite), weiß auf schwarzem Grund, wie bei den anderen Schildchen: es herrschte Einheitlichkeit. Carmen stand vor der Tür und starrte auf den Namen Görres, und wenn ihr angesichts dieses Namens schwindlig wurde, ließ sie ihren Blick schweifen und las die Namen Hidien, Dominguez, Soltau und Haytabay, die ihn umrahmten. Dann drückte sie auf die Klingel und ergab sich mit einem stillen Seufzer in das Kommende. Erschrak, als sofort der Türöffner antwortete, als habe dort oben jemand gelauert. Stieg mit weichen Knien die Treppe hinauf, an Sommergerüchen vorbei, an Spuren von Sonntagsessen, auch an Kaffeeduft. War sie noch schön? Bestimmt nicht mehr, aber was spielte das jetzt noch für eine Rolle, bring es hinter dich, Carmen!

Drei Treppen stieg sie und rang nach Luft, nicht weil die Stufen sie ermüdeten – schließlich war sie noch jung! –, sondern weil ihre Angst und ihre Mutlosigkeit von Stufe zu Stufe wuchsen. Wer würde dort oben auf sie warten? Was würde passieren, wenn man sie erst erkannt hätte? Würde man sie die Treppe hinunterschmeißen, unter wüsten Beschimpfungen? Aber nein, mußte sie zugeben, Gregors Eltern neigten nicht zu so großen Gesten und waren nicht so engherzig wie ihre eigene Mutter.

Die letzte Kurve. Der Atem ging noch schwerer und lauter. Den Kopf hielt sie gesenkt, wagte nicht aufzusehen. Sollte sie vielleicht doch umkehren, war nicht alles ein Irrtum, sollte sie –

Na, das ist aber eine Überraschung, rief eine Frauenstimme, und Carmen hob endlich den Kopf, das ist aber schön, daß du dich blicken läßt, da wird sich der Gregor aber freuen! Er ist gerade vor zwei Stunden gekommen!

Die Carmencita, angesichts dieses Empfangs, schämte sich all ihrer Gedanken beim Aufstieg und noch mehr ihrer schrecklichen Mutter. Guten Tag, Frau Görres, sagte sie vor der letzten Stufe und konnte die Tränen der Rührung und der Dankbarkeit nicht länger zurückhalten, wie ein Sturzbach liefen sie ihr übers Gesicht, das Make-up war im Eimer, und Frau Görres nahm sie in die Arme und sagte: Komm rein, Kleine.

Ach, kaum kannte sie die Wohnung noch, so lange war das her, und Gregor war ja auch öfter bei ihr gewesen als sie bei ihm. Drinnen saß sein Vater in einem Sessel und döste etwas, öffnete aber sehr erfreut die Augen, als er Carmen sah, drückte sich gar aus dem Sessel hoch, um die Kleine zu begrüßen, und die Kleine dachte anerkennend: Einen Bauch hat er immer noch nicht. Sie verzieh ihm, daß er an einem der heißesten Tage des Jahres im Unterhemd zu Hause saß, Stil Feinripp.

Aber wo war Gregor?

Ein stummer fragender Blick zur Mutter, und die legte den Zeigefinger auf die Lippen. Also würde er gleich kommen, folgerte Carmen, und ihre Anwesenheit hier sollte eine Überraschung sein. Er packt nur ein paar Sachen aus in seinem Zimmer, flüsterte die Mutter. Ach, das Zimmerchen, Gregors Verschlag! Carmen erinnerte sich, das schmale Bett, der Stuhl und das Tischchen, viel zu eng war es da drinnen schon für einen, und zu zweit: naja. Aber nun würde er gleich kommen.

Aber er kam und kam nicht. Das dauerte eine Minute, das dauerte zwei, das dauerte sogar drei Minuten! Carmen hatte noch immer keinen Ton gesagt, um die Überraschung nicht zu verderben, und Frau Görres flüsterte: Vielleicht fahren wir im Herbst nach Amerika, stell dir mal vor.

Endlich – nach geschlagenen vier Minuten – hörten sie die Tür von Gregors Verschlag, und seine Stimme fragte aus dem Off: Was ist, wer ist denn gekommen?

Und dann sah er sie, und sie sah ihn.

Drei Meter standen sie voneinander entfernt. Gregor, in seinen schlichten Jeans, blau übrigens, nicht schwarz, wie es in diesem Jahr hierzulande die Mode war, und einem weißen T-Shirt, Gregor also preßte die Hände zu Fäusten und die Fäuste in die Hüften, und Carmen tat es ihm nach. Die Eltern betrachteten die Szene sehr interessiert. Gregor und Carmen rührten sich nicht von der Stelle, und selten haben zwei Menschen sich so mit unsichtbaren Ketten an ihren Platz fesseln müssen, um nicht aufeinander zuzustürzen, übereinander herzufallen und sich gegenseitig zu verspeisen.

DER KANNIBALISMUS LIESS JEDOCH nicht lange auf sich warten.

An diesem Sonntag blieb Gregor noch zu Hause bei den Eltern: am ersten Tag. Carmen fuhr züchtig

147

in ihre Wohnung und lag dort auf dem Bett, hörte dem Sommerabend zu und verzehrte sich nach ihrem Liebsten, von dem sie nicht viel mehr gehabt hatte als ein paar Küsse unten in der Haustür beim Abschied (und sie hatte zugegriffen, um herauszufinden, ob er sie noch liebte, und siehe, es war gut so), warf sich hin und her und . . . hatte eine unruhige Nacht.

Aber der nächste Tag, der strahlend begann und nicht mehr voll Bangen, sondern nur noch Versprechen war! Denn das hatten sie abgemacht, daß dieser Tag ihnen gehören würde, und Carmen pries das Friseurgewerbe für seinen freien Montag (der in ihrer Firma gottlob noch nicht zur Disposition stand: die Chefin schien's selber so zu lieben, wie es war).

Bis zur Mittagszeit mußte sie noch ausharren, denn Gregor hatte vormittags mit seiner Mutter in der Stadt zu tun. Aber um eins kamen sie zusammen am Rhein, nah am Schloß, kurz vor der Pfaffendorfer Brücke, nahe der Bank, auf der sie vor Jahren innerlich Abschied genommen hatte. Diesen Treffpunkt hatte sie ausgesucht, sie hatte Gespür für Geschichte, Sinn für Tradition, sie war Spanierin, sie kam aus Sevilla. Natürlich hätte er auch gleich in ihr Appartement kommen und ihr die Kleider vom Leib reißen können (wenige, schließlich war Hochsommer). Mein Gott, dann hätten sie es am Vorabend auch unten im Treppenhaus machen können. Aber Gregor war doch kein hergelaufener Friseurlehrling oder Feintäschner, er war Student in Princeton.

Da hinten kam er. Jetzt erst fiel es ihr auf: sie war früher da als er, das Männchen ließ das Weibchen warten, eigentlich eine Unverschämtheit. Umgekehrt ist es erlaubt, wobei eine halbe Stunde nicht überschritten werden sollte, weil es dann schon wieder eine Beleidigung ist. Nun, Gregor kam natürlich nicht eine halbe Stunde zu spät, sondern höchstens ein paar Minuten, und eventuell, wenn sie es recht überlegte, war sie, Carmen, einfach ein paar Minuten zu früh.

Es dauerte, bis er sie sah. Sie verfolgte seine suchenden Blicke. Schon früher hatte sie den Eindruck gehabt, daß ihr Liebster ein wenig kurzsichtig war, das aber nicht zugeben wollte. Die meergrauen Augen waren vielleicht schwächer als vermutet.

Jetzt aber hatten sie Carmen entdeckt, und Gregor beschleunigte seine Schritte, verfiel sogar in leichtes Laufen, einen Trab – bei der Hitze! Das gefiel ihr, dafür hatte es sich gelohnt, einige Minuten zu früh zu sein.

Zehn Meter vor ihr besann er sich wieder aufs gemessene Gehen, erinnerte sich seiner Würde. Sie stand kerzengerade und bewegte sich keinen Zentimeter auf ihn zu. Gestern war sie zu ihm gekommen, kilometerweit, heute war er an der Reihe. Er – reichte ihr die Hand.

Ließ es dann aber nicht dabei bewenden, sondern zog sie an sich, umfaßte sogar ihre Hüfte und gab ihr einen äußerst schüchternen Kuß.

Da bin ich, stellte er danach fest, und das war eine unbestreitbare Tatsache. Da war er, in Jeans und weißem T-Shirt wie gestern, dazu ein ganz leichter blauer Sakko, feinstes Tuch, ein Hauch, gewissermaßen nur die Idee eines Sakkos. Er hatte es nicht verlernt, sich anzuziehen, stellte Carmen fest, hatte sogar dazugelernt, und Argwohn stieg in ihr auf, dahinter könne doch die eine oder andere junge Amerikanerin stecken. Aber besser noch die eine oder andere als nur die eine.

Ein Lokal war natürlich nicht weit, in dem man im Garten sitzen konnte, an Holztischen mit einer Wachstuchdecke darüber und mit Stühlen, die immer etwas schief standen, wie man sie auch hin- und herrückte, und deren Lehnen im Rücken kniffen. Den schönen Sommertag muß man nutzen. Gregor bestand darauf, sie zum Essen einzuladen. Sie wehrte sich angemessen kurz, ließ ihm die Freude. Es war das erste Mal überhaupt, daß sie miteinander essen gingen, früher hatte es immer nur zu einer Cola gereicht. An den Nebentischen saßen Schiffsausflügler und Einheimische. Die Speisekarte war natürlich anderer Art als die damals, als der Archivar sie eingeladen hatte. Schweizer Wurstsalat gab es zum Beispiel, Rheinischen Sauerbraten, sogenannte Pfannengerichte: sowas eben. Sie entschieden sich beide für etwas ganz Kleines, weniges, und das wenige aßen sie nicht auf.

Gregor erzählte ihr von Princeton. Das hatte sie gestern abend in ihrem alten Schulatlas gesucht und nicht gefunden. In New Jersey liegt es, erklärte Gregor, auf halbem Wege zwischen New York und Philadelphia. Groß ist es nicht, vielleicht dreißigtausend Menschen leben dort, und das Bedeutendste ist eben die Universität. Ganz berühmte Leute haben dort studiert oder gelehrt, Gödel, Panofsky, dann Oppenheimer — das war der, der die Atombombe erfunden hat — und er selbst studiere jetzt Mathematik bei Gerd Faltings. Der Name sage ihr vielleicht nichts (wie recht er hatte!), aber Faltings sei ein Genie, und schon mit 29 Jahren sei er nach Princeton geholt worden — sie rechnete blitzschnell nach: da hatte Gregor noch Zeit —, vorher war er in Wuppertal, das muß man sich mal vorstellen: Wuppertal!

Und wie wohnte Gregor denn überhaupt, wollte sie wissen. Hatte er eine eigene Wohnung? Aber nein, in Princeton wohnt man auf dem Campus, in Drei- und Vierbettzimmern. Da muß man lernen, miteinander auszukommen, aber Enge war er ja gewöhnt. Er wohnte mit zwei netten Studenten zusammen.

Aber die Mädchen und Jungen — sie gebrauchte diese Worte —, die wohnten doch nicht zusammen? Nein, die Geschlechter wohnen natürlich getrennt, lachte Gregor.

Und sie, wie geht es ihr so? Sie hat vielleicht einen Freund, oder sie hat einen Freund gehabt?

Es gab mal hier und da was, beeilte Carmen sich zu sagen, aber nie was Ernstes, wirklich nicht! In Princeton gab es doch sicher auch hübsche Mädchen, nicht wahr, die Gregor gefielen und denen er gefiel, er gefiel doch sicher allen. Ach, sagte Gregor, ach — und bemühte sich auszudrükken, daß es sicherlich hübsche Mädchen gab in Princeton, daß es aber auch nie was Ernstes war. Es war —

Genauer wollte sie es gar nicht wissen und fragte deshalb, ob er denn auch einmal in New York gewesen sei und wie es so aussehe in New York.

New York, sagte Gregor, New York sei einfach wunderbar; ein paar Mal sei er dort gewesen, das waren ja nur achtzig Kilometer. Man könne sich das gar nicht vorstellen, wenn man nicht dort gewesen sei, die Avenuen und dann die Wolkenkratzer — die seien nämlich schön, herrlich seien die! — und die breiten Straßen dazwischen: man fühlt sich überhaupt nicht beengt, die Proportionen stimmen einfach. Dazu die vielen Menschen aus allen Ländern, die aber alle Amerikaner sind. New York ist eigentlich sehr europäisch, fügte er hinzu, man fühlt sich gar nicht fremd dort.

Bei allem, was er sagte, hing sie an seinen Lippen, denn er kam aus der großen Welt, studierte an einer berühmten Universität, würde einmal ein berühmter Mathematiker sein, er war in New York gewesen, mehrfach sogar (der süße Gregor aus der Vorstadt!), und wenn sie auch die meisten der Na-

men, die er erwähnte, nicht kannte, so sagte er doch
einfach die erstaunlichsten Dinge.

DENNOCH FÜHRTE SIE IHN nicht gleich zu sich nach
Hause — er hatte das Appartement noch nie gesehen, sie hatte es ja erst nach seiner Zeit bezogen —,
jetzt, da sie sicher wußte, daß heute noch die
Stunde der Liebe kommen würde, war sie entschlossen, den Genuß noch eine Weile aufzuschie-
ben, damit er später um so köstlicher sei. Sie
brauchte — dringend! — einen hübschen neuen
Rock und vielleicht auch ein T-Shirt oder eine Bluse. Kann er sie begleiten und ihr helfen, das Richtige zu finden, oder langweilt ihn so etwas zu Tode?
   Aber gar nicht, im Gegenteil, beeilte sich Gregor
zu sagen, wie man angezogen ist, das ist doch wich-
tig.
   Und du hast ja auch einen guten Geschmack,
schmeichelte Carmen, das sieht man an deiner eigenen Kleidung. Aber das war schon früher so — und
beiden, unabhängig voneinander und ohne daß sie
darüber sprachen, stieg aus der Tiefe ihrer jungen
Jahre jene Szene wieder auf, als Gregor nach der
Schule zur Bushaltestelle ging und Carmen ihm
zum ersten Mal ein Kompliment gemacht hatte,
ganze hundert Meter hatte sie dafür Zeit, und wie
Gregor mit lachsrosa überglühtem Gesicht auf dem
Trittbrett des Busses gestanden und sich verab-
schiedet hatte. Gregor erinnerte sich, daß er damals zum ersten Mal in ihrer Gegenwart so etwas

wie eine gewisse Unruhe und Aufregung gespürt hatte, von der er noch nicht wußte, was es war, nicht unangenehm übrigens. Der unausgesprochene Gedanke an den ersten zarten Anfang ihrer Liebe rührte sie beide und machte sie weich, und sie beugten sich, da sie einander gegenübersaßen, über die Wachstuchdecke und schoben den Wurstsalat beiseite, von dem sie fast die Hälfte übriggelassen hatten, stützten die Ellbogen auf den Tisch, Gregor nahm Carmen bei den Schultern und gab ihr dann einen schon viel weniger schüchternen Kuß als vorhin am Rheinufer, und der Kuß bedeutete etwa soviel: Gut, suchen wir dir was Schönes zum Anziehen aus, aber wenn wir damit fertig sind, dann –

Er zahlte bar, aber Carmen sah dabei, daß er auch über eine Kreditkarte verfügte und fragte ihn danach.

Das ist nichts Besonderes, sagte Gregor, in Amerika kann man ohne so ein Ding gar nicht existieren. Es heißt nicht, daß ich reich bin.

Aber später wirst du das doch sicher mal, antwortete sie. Wenn man so klug ist wie du, dann muß man doch belohnt werden, oder?

Die Verkäuferin, kaum älter als Carmen, betrachtete das junge Paar mit Wohlwollen. Die würden was kaufen, auf jeden Fall, aber das war es nicht, was ihr Wohlwollen auslöste: da war etwas zwischen den beiden, es vibrierte und flimmerte, und sie konnte sich an die eine oder andere ähnliche Situation aus ihrer eigenen Biographie erinnern. Das gab es also noch, das gab es immer wieder, das ließ hoffen.

Zu lang, sagte Gregor zu dem ersten Rock, in dem Carmen sich ihm präsentierte, und meinte auch: zu langweilig. In ihm hatte sich inzwischen die Erkenntnis herausgebildet, daß er hier eine Chance hatte, sie ein wenig nach dem ihm genehmen Bild zu modellieren, daß er Macht ausübte. Der nächste war nichts wegen der Farbe, was man aber erst sah, als sie ihn angezogen hatte, und der dritte war unmöglich geschnitten: das stellten sie unisono fest.

Aus der Beschallungsanlage kam der Ohrwurm des Sommers, der Begriff des Lambada selber, einmal gehört und nie wieder zu verscheuchen.

Den schwarzen, sagte Gregor, probier den mal an.

Du bringst mich ganz schön ins Schwitzen, klagte Carmen, eigentlich schon bereit aufzugeben. Kam dann unsicheren Blicks aus der Kabine zurück und drehte sich vor dem Spiegel, als der Lambada ausklang.

Gregor nickte sachlich: Der ist es.

Der schwarze war scharf, äußerst figurbetont nämlich, wie es in der Fachsprache heißt, und, nun ja, eben kurz. Ziemlich kurz. Sehr kurz. Stand ihr aber gut. Die Verkäuferin war auch dieser Ansicht. Carmen nahm Gregor beiseite, noch unentschlossen: Wirklich? Ob sie den nehmen sollte? Findest du nicht, er ist ein bißchen … nuttig? Man sieht vielleicht ein bißchen viel?

Ach was, sagte Gregor ganz lässig (Gregor aus der Vorstadt!), du darfst doch auch was sehen lassen. Deshalb sieht es noch lange nicht nuttig aus, Carmencita.

Carmencita! Hatte er ihrer Erinnerung nach noch nie zu ihr gesagt.

Wenn du meinst…

Er meinte. Er war völlig überzeugt, und damit war sie's auch. Aber eine Bluse sollte es nun auch noch sein, darauf bestand er, und um genau zu sein: er hatte schon eine ausgesucht. Ein schlichtes, gedeckt rotes Stück, weiter, aber nicht zu weiter Schnitt, Leinen und Viskose, genau das Richtige für den Sommer, den Jahrhundertsommer. Zieh sie direkt zu dem Rock an, befahl er, und Carmen tat, wie ihr geheißen. Er wollte gleich mit in die Kabine kommen, ihr die Bluse gewissermaßen anpassen (das gibt es also immer wieder, dachte die Verkäuferin), aber sie schüttelte den Kopf und lächelte: Ein bißchen Geduld, mein Lieber. Und Hände weg.

Also endete der Kampf unentschieden, das Bezahlen in etwa auch, denn Gregor übernahm die Bluse, per credit card. Mit einer hübschen Tüte, die Gregor trug, traten sie wieder ins Sonnenlicht, und da war es, daß der Archivoberrat Simon sie sah, ohne daß sie ihn sahen. Aber erst am Abend, oben im

Garten am Pappelweg, wurde ihm klar, wen er da
gesehen hatte, erst da gelang es ihm, seine flüchtige
Impression zu archivieren.

DANN ABER!

Dann hatte sie ihn noch immer auf die Folter gespannt, ihn hingehalten. Jetzt steuern wir direkt auf
ihre nette kleine Höhle zu, hatte Gregor gedacht,
die Tüte in der Hand, nach außen immer noch ganz
lässig, äußerst cool, wie man in manchen Kreisen
gesagt hätte, nach innen dagegen erheblich ange-
spannt, erwartungsfroh und von der Erwartung
schon beinahe ein wenig schwindlig, wobei der
Schwindel weniger im Kopf saß als in einem ganz
anderen Zentrum – da bin ich aber gespannt, dachte er, wie es da aussieht.

Denkste. Nach zwei so tollen Schnäppchen, befand Carmen – und sie bedankte sich noch einmal
für die Beratung, auf seinen Geschmack konnte
man sich wirklich verlassen, hundert Prozent! –,
nach zwei so tollen Schnäppchen müßte man doch
irgendwo noch einen Kaffee trinken, oder besser
noch einen Champagner, was meint er? Zur Feier
von allem, zur Feier ihres Wiedersehens? (Was den
Champagner anging, so war sie bei Simon auf den
Geschmack gekommen.)

Einen Kaffee könne man doch auch bei ihr zu
Hause trinken, wandte Gregor ein.

Sie hätte aber jetzt lieber einen Champagner,
und übrigens: man würde doch nachher nicht zu

ihr nach Hause gehen, um Kaffee zu kochen! Also bitte!

Da mußte er nachgeben, mußte er sowieso: denn dies alles war ihr Terrain, der Rhein und die Mosel, und die kleinen Geschäfte (in denen er sich nicht auskannte von früher, wie sollte er?) und jetzt die Bar, in die sie ihn führte, dieselbe, in der der Abend von Simons vierzigstem Geburtstag begonnen hatte, aber daran dachte sie jetzt keine Sekunde, und sie zeigte nach draußen, quer über die Straße: Da drüben arbeite ich.

So hatte Gregor gottergeben Champagner getrunken, den er mochte, den er aber jetzt, an diesem Montagnachmittag, eigentlich nicht brauchte, und ausführlich hatte Carmen ihm von ihrer Arbeit erzählt, von ihrer Chefin, den Kolleginnen und Kollegen, von den Schrullen so mancher Kundin und so manches Kunden. Na sicher, dachte Gregor, auch sie muß erzählen. Vorhin habe ich ihr die Ohren vollgesungen von Princeton, aber sie hat schließlich auch ein Leben – und diese plötzliche Erkenntnis erstaunte ihn über alle Maßen.

Dann waren sie wirklich zu ihr gegangen. Fast ehrfürchtig war Gregor hinter ihr die Treppen hochgestiegen (und dabei enthüllte sich ihm die tiefere Grundlage der schönen Redensart »den Mädchen nachsteigen«), und scheu hatte er das Appartement betreten, zögernd an der Schwelle, als betrete er eine Kirche, oder, um in der Größenordnung zu bleiben, eine kleine, der Mutter Gottes ge-

weihte Kapelle irgendwo im Süden. Keineswegs
war er dann gleich handgreiflich geworden, wie
er es vorher gedacht hatte (und sie auch), sondern schritt die fünfundzwanzig Quadratmeter
ab – mehr Platz, als er jemals für sich gehabt hatte! – und war gerührt, sein Foto hier zu finden.

Das hat immer hier gehangen, erklärte Carmen,
seitdem ich eingezogen bin. Mehr muß sie nicht sagen.

Die Liebe folgte also, endlich die Liebe. Darüber,
weil sie in all ihrer Einmaligkeit doch immer gleich
ist, ist nicht viel zu sagen. Die Nachbarn und die
Straße durften daran teilnehmen, durften mithö-
ren, da Carmen das Fenster nicht geschlossen hatte.
Sie dauerte Stunden, die Liebe, sanft und weich
und verspielt war sie und wild und entschlossen
und über die Grenzen des Schmerzes hinaustrei-
bend. Es dämmerte nicht mehr, es war bereits dunkel geworden (Sterne am Koblenzer Himmel!), als
sie endlich ruhig nebeneinander lagen, jeder von ihnen in diesem Moment für sich die tiefe, schranken-
lose, uralte Fremdheit empfindend zwischen Mann
und Frau.

ACHTES KAPITEL

in dem Fürchterliches geschieht

»›Carmencita‹, drang ich in sie, ›liebst du mich nicht mehr?‹«

Prosper Mérimée
Carmen

EINSAMER NIE als im August.

Da betrat Simon ein weiteres Mal den Frisiersalon. Die Rezeptionistin nickte ihm zu, Wiedererkennen war darin eingeschlossen und Dank und
Anerkennung für seine Treue.

»Es ist mal wieder soweit«: der klassische Spruch,
so daß es völlig unerheblich war, wer ihn nun sagte,
sie oder er.

Da er keinen Termin gemacht hatte, mußte er
warten. Kaffee gab es natürlich und Zeitschriften.
Simon wurde zusehends unruhig, denn er sah sie
nirgends. Dann wurde er ans Becken geführt, und
der Gang gestaltete sich wie der zur Guillotine,
denn noch immer tauchte sie nicht auf. Resigniert
legte er den Nacken in die Vertiefung, eine neue Ler-
nende, aus ebenfalls südlichen Breiten, griff ihm
ins Haar und stellte die Temperaturfrage. Simon
schloß die Augen, entspannte sich aber nicht. Die
Kleine hinter ihm war wahrscheinlich, für den ob-
jektiven Betrachter, ebenso reizvoll wie Carmen.
Sie war aber nicht Carmen, Nuran hieß sie, so
glaubte er verstanden zu haben, quasi eine von Sevilla um mehr als sieben Längengrade nach Osten
verrutschte Carmen, dachte Simon. (Wie richtig er
lag! Aus Izmir kam sie, aber das wußte er nicht.) Er
mochte sie nach ihrer Kollegin nicht fragen.

Sehr langsam war er geworden seit jenem Tag im

Juli. Es hatte schon damit begonnen, daß ihm erst abends die Bedeutung seiner Beobachtung vom Nachmittag deutlich wurde. Dann allerdings ganz und gar: Dort war Carmen in Begleitung eines jungen Mannes aus einem Geschäft gekommen, und dieser junge Mann – Simon hätte nicht zu sagen gewußt, warum er so dachte, aber seine Instinkte waren durchaus intakt –, dieser junge Mann also war nicht irgendein Kollege oder Berufsschüler und nicht irgendeine kleine Affäre. Dabei berührten sie sich gar nicht, standen nicht Arm in Arm, gingen nicht Hand in Hand, standen einfach, als sie das Geschäft verließen, einen Augenblick nebeneinander, und der junge Mann trug eine Tüte. Die Art aber, wie sie nebeneinander standen, zeigte Simon – später, am Abend –, daß hier eine sehr große Vertrautheit vorlag, und einige Tage später vermutete er etwas wie Liebe.

Wieder einige Tage danach war er sich sicher, bei dem jungen Mann müsse es sich um das Genie handeln, das man nach Amerika geschickt hatte. Nun war er zurückgekommen, oder er war zu Besuch, und sie – hatte nichts Besseres zu tun gehabt, als zu ihm zu laufen und ihn in ihr Bettchen zu locken.

Nicht, daß er Gregor (von dem er nicht einmal wußte, daß er Gregor hieß) erkannt hätte, nach dem einen Blick damals auf das Foto. Seine ganze Beobachtung war sehr flüchtig gewesen, und mehr noch: sie fand eigentlich erst im nachhinein statt, erst jetzt, in Schritten, die sich über viele Tage er-

streckten, vollzog er die Synthese und die Sinnge-
bung. Nein, das Gesicht des jungen Mannes hatte er
kaum gesehen. Schließlich hatte er auf der anderen
Straßenseite gestanden, und seine kurze Aufmerksamkeit galt eher der jungen Frau – das war ein sehr
feststehender und ausgeprägter Zug an Simon, und
vierzehn Jahre Gelübde hatten daran kaum etwas
ändern können.

Es war nur die Art, wie sie beieinander gestanden
hatten, die ihm verriet, wie sie zueinander standen.

Dann brauchte Simon weitere zehn Tage, bis er
den Entschluß faßte: Ich werde hingehen und sie
direkt fragen.

Nun war sie aber nicht da.

Nach der Haarwäsche führte die Wäscherin Simon »zum Platz«, und bevor noch Mario kam, begrüßte ihn die Chefin, mit Handschlag sogar, Einverständnis unter Erwachsenen zwischen all dem
jungen Volk, und ganz angelegentlich, ganz beiläu-
fig, so daß auch bei der arglosesten Person – und das
war die Chefin gewiß nicht – Alarm ausgelöst worden wäre, erkundigte er sich bei ihr nach Carmen.

Tja, sagte sie, die muß ja auch mal Urlaub machen, und jetzt ist bei uns nicht viel los. Die ist jetzt
in Amerika, unsere Carmen.

GENAU SO WAR ES, auch wenn Simon noch einmal
nachfragen und sich vergewissern mußte, daß es
nur für den Urlaub war und sie nicht gleich dort
drüben blieb.

Carmen war keineswegs allein nach Amerika geflogen, und auch nicht in intimer Zweisamkeit mit Gregor. Die Maschine, die sich da am 13. August von Frankfurt aus Richtung New York in die Luft erhob, beförderte zwei vollständige Kleinfamilien.

Wie? Señora Vasquez hatte sich herabgelassen, wieder ein Wort mit dem Leibhaftigen und seinen Erzeugern zu wechseln?

Sie hatte. Wenige Tage nach Gregors Heimkehr war Carmen zu Hause erschienen, allein schon ein Grund zur Freude, denn das Töchterchen hatte sich in der letzten Zeit nicht gerade häufig bei den Eltern sehen lassen. Der Mama fiel sofort das blühende, zugleich aber auch überanstrengte Aussehen auf, während Señor Vasquez der Ansicht war, seine Tochter entwickele sich prächtig. Diese Ansicht gehörte übrigens zu seinen Invarianten, er vertrat sie unbeirrt durch äußere Ereignisse seit Carmens Geburt. Nach der fast zweistündigen Eröffnung eines lebhaften und absolut nichtssagenden Geplauders – sie verrieten auch in der Fremde nicht die spanische Kultur, die Vasquez! – nahm die Mutter die Tochter beiseite, zu sich in die Küche. Señor Vasquez ahnte schon, daß nun ein ernsterer Teil folgen würde und blieb erleichtert auf dem großzügigen Balkon zurück, um den Abendfrieden zu genießen.

Nun? fragte Señora Vasquez, und das Fordernde, Inquisitorische in ihrem Ton machte von Anfang an deutlich, daß es auf Dauer keinen Sinn haben würde, etwas zu verheimlichen. Wie es denn so sei? Ob

166

sie zufrieden sei? Wie es mit den Männern stehe?
(»Man kann doch über alles reden.«)

Carmen pirschte sich langsam und vorsichtig
heran und begann mit ihrer Arbeit, die ihr nach wie
vor viel Spaß machte; die Kollegen waren alle so
nett und die Chefin ein richtiger Goldschatz, sie
kümmerte sich wirklich sehr um sie, und beinahe
hätte sie noch hinzugefügt: fast wie eine Mutter,
konnte aber dieses Sakrileg noch im letzten Moment umgehen.

Schön, schön, aber die Mama interessierte das
nicht die Bohne. Daß Carmen gut lernte und beruf-
lich avancieren würde — in dem Rahmen, den sie
sich leider Gottes nun einmal erwählt hatte —, daran hatte sie keinen Zweifel.

Aber ein bißchen abgespannt sah sie aus, nicht
wahr? Also, sie sah sehr gut aus, eigentlich, aber ein
bißchen, na … War irgend etwas Besonderes in der
letzten Zeit?

Carmens vorsichtige Manöver gerieten nun ins
Schlingern. Sie kam ins Rutschen — wünschte sich,
sie hätte sich nicht wieder auf eins dieser berüchtig-
ten Vieraugengespräche eingelassen — hatte sie
das überhaupt noch nötig? — und hielt plötzlich direkt und ohne Überlegung aufs Ziel zu wie der Stier
auf den Torero — platzte heraus: Gregor ist zurück,
Mama.

Sie hatte ihre Mutter richtig eingeschätzt: anstatt
des Zornesausbruchs kam die Vereisung, das klir-
rende Schweigen, das bis auf den Balkon zu hören

war, auf dem Señor Vasquez den Abendfrieden zu
genießen versuchte.

Die Unterhaltung war bisher in deutscher Sprache geführt worden, nun aber, als sie ihr Schweigen
brach, mit gefährlich leiser Stimme und mühsam
beherrscht, verfiel Señora Vasquez ins Spanische.

Und sie, Carmen, sagte Señora Vasquez, sie habe
also nichts Besseres zu tun gehabt, als ihn zu sich zu
rufen und in ihr Bett zu holen — und damit war sie
bis in die Wortwahl im Einklang mit Simons Gedanken, den er etwa zur gleichen Zeit oben auf dem
Hügel faßte, bei seinem Bemühen, die Beobachtung vor dem Modegeschäft auszuwerten und zu
synthetisieren. Sie habe also, fuhr Señora Vasquez
fort, alles vergessen, was er ihr angetan hatte, ihren
ganzen Stolz habe sie vergessen — sie wurde nun
schon lauter —, um zu diesem Kerl zurückzulaufen,
der sie damals so verraten habe, aber vorher hatte
er ihr die Unschuld genommen —

Unsinn, unterbrach Carmen und stellte endlich
einmal die Dinge richtig. Umgekehrt war's gewesen.

Das berührte ihre Mutter überraschend wenig,
im Grunde hatte sie immer so etwas geahnt. Vor
allem aber war es nicht im geringsten dazu angetan, Gregor zu entlasten, und sie setzte ihr Wüten
fort. Er war ein — die Worte können hier wirklich
nicht wiedergegeben werden, und als sie mit Gregor endlich fertig war, ging sie in die milden Flöten-
töne mütterlicher Sorge über: Wollte sie sich denn
unglücklich machen mit so einem? Der machte sich

doch hier in den drei Wochen mit ihr eine schöne
Zeit, und dann ging es zurück nach Amerika, und
alles war vergessen: aus den Augen, aus dem Sinn!
Sie sei nicht mehr ihre Tochter, wenn sie –

Sie sei ohnehin volljährig, erwähnte Carmen
knapp und kühl. Und sie verbat sich, daß man so
über Gregor sprach.

Nun gab es für Señora Vasquez kein Halten mehr.
Die wüstesten Beschimpfungen prasselten jetzt
nicht mehr auf Gregor, sondern auf ihre Tochter
nieder, und schließlich hieß es, zum Denken benut-
ze sie ja wohl nicht ihren Kopf, sondern –

Sie konnte es nicht mehr aussprechen, denn Señor Vasquez betrat die Küche und wollte streng und
entschieden wissen: was ist hier los?

Frau und Tochter stürzten gleichzeitig mit ihren
Erklärungen auf ihn los, so daß es etwas länger
dauerte, bis er verstanden hatte. Wenn man bedenkt, sagte Señora Vasquez zum Abschluß, aber
schon leicht abgekühlt, daß er sie sitzengelassen
hat wegen des Internats, wegen Amerika!

Sie solle sich doch beruhigen, sagte Señor Vasquez und fuhr mit Bezug auf ihren letzten Satz fort:
In dem Alter macht man eben eine Menge Dummheiten. Das heißt doch nicht, daß er ein schlechter
Kerl ist.

Damit war die Haupt- und Staatsaktion in der
Vasquezschen Küche jedoch keineswegs beendet,
damit begann sie erst. Carmen schickte sich an, die

wahre Bedeutung dessen klarzumachen, was ihr Vater als Dummheiten und ihre Mutter als Verrat bezeichnet hatte (sie dachte nicht daran, daß sie vor Jahren die gleiche Vokabel benutzt hatte). Sie erklärte ihren Eltern die herausragende Position der Princeton University in der akademischen Welt und erwähnte auch Gerd Faltings, der schon mit 29 Jahren dorthin berufen worden sei. Bei dem studierte Gregor jetzt, setzte sie ihren Eltern auseinander, und glaubten sie denn etwa, man würde ihm Stipendien bezahlen, wenn er nicht sehr begabt wäre und das Zeug hätte, selber einmal an der Universität zu lehren? Oder eine glänzende Karriere in der Computerindustrie zu machen, in der Forschung natürlich?

Na, sagte ihre Mutter, jedoch nicht mehr ganz so von der eigenen Position überzeugt, wenn er so eine glänzende Karriere vor sich hat, was soll er dann mit dir?

Carmen überging souverän die Beleidigung (sie wird eben alt, dachte sie im stillen, und dieser Pfeil war für sich so spitz und voll des süßen Gifts, daß sie ihn nicht abzuschießen brauchte) und setzte ihre Überzeugungsarbeit fort. Ganz bescheiden sei Gregor geblieben, obwohl er doch ein Genie sei (das entschied sie jetzt einfach), ein bißchen weltläufiger sei er jetzt, und in all den Jahren habe er sie niemals vergessen. (Das stimmte, jedenfalls hatte Gregor es ihr erzählt, und Gregor das Lamm log nicht. Weil er nicht lügen konnte, war er auch nicht

umhin gekommen zuzugeben, daß es da tatsächlich die eine oder andere Amerikanerin gegeben
hatte, aber die eine oder andere eben, mehr nicht.)
Sie, Carmen, könne ja verstehen, daß die Eltern ein
wenig enttäuscht von ihm seien (sie begann jetzt
mit den Flötentönen, nachdem die sachlichen Ar-
gumente ins Feld geführt waren), niemanden habe
damals der Schmerz schließlich so getroffen wie sie
selber (eine Erinnerung, die angebracht war). Aber
sie wüßten doch gar nicht mehr, wie er sei, und übrigens: *Gregors* Eltern hätten sie, Carmen, mit offenen Armen empfangen, als sie vor einer Woche zu
ihnen gekommen sei, eine Herzlichkeit sei das gewesen —

Genug, genug.

Erstens konnte Carmen tun und lassen, was sie
wollte, denn sie war volljährig, stellte Señor Vasquez fest. (Ihre eigenen Worte! und sie sah trium-
phierend zur Mama.) Zweitens kann Gregor jederzeit kommen, wenn er will. Und drittens — dunkel
war es geworden, weiches Sommerdunkel — gehen
sie jetzt gemeinsam auf den Balkon und trinken
noch ein Glas Wein. Keine Widerrede, und über das
Thema kein Wort mehr!

DANN FOLGTEN DIE TAGE, in denen Señora Vasquez
nicht nur ihr Herz für Gregor von der Princeton
University entdeckte, sondern auch für dessen liebe, arme Eltern, für die Vorstadt überhaupt. Damals hatte sie sie nie kennengelernt, nur immer

Wurst und Käse und Obst mitgegeben. Jetzt aber, nachdem Gregor erstmals wieder die Vasquezsche Wohnung betreten hatte – so ein hübscher, kluger, bescheidener Junge, wenn man ihn mit den richtigen Augen sah! –, lud sie seine Eltern für einen Sonntagnachmittag ein, und dann wurde noch der ganze Sonntagabend draus: was für reizende Leute.

Frau Görres erwehrte sich ihres Überschwangs durch ihre ruhige, warme, auch leicht belustigte Freundlichkeit, so gut sie konnte. Ihr Mann war ohnehin der große Schweiger. Anstrengend war es schon für beide, aber sie wußten ja: es war gut gemeint. Und gemeinsam freute sich die ältere Generation, »daß die Kinder doch wieder zueinander gefunden hatten«. Die saßen nebeneinander auf dem Sofa und verdrehten bei diesen Worten leicht die Augen. Es stimmte ja, aber was ging's die Alten an? Hatten sie hier etwas zu sagen? Hier war Carmen, volljährig und bald fertig ausgebildete Friseuse, dort Gregor, ebenfalls volljährig und bald Professor für Mathematik an der Princeton University (darauf lief es doch hinaus, nicht wahr?), und sie waren sehr wohl in der Lage, ihr Leben selber zu gestalten.

Wir machen mal einen kleinen Spaziergang, sagte Carmen und zog Gregor mit sich, sind bald wieder da.

Ihre Mutter sah befremdet drein, sagte aber nichts.

Und raus, immer noch Gregor im Schlepptau, fast verfiel sie ins Laufen, zog ihren Liebsten hinter sich her, um diese Ecke und um diese, durch die sonntagsöde Stadt, hoch die zwei Treppen, und dann —

Na gut, ihre Mutter sollte recht haben. Sie hatte tatsächlich nichts Besseres zu tun, als ihn in ihr Bett zu holen. Y que! Für die Mama war das schwer erträglich, das konnte sie verstehen. Es ist nicht so einfach mit den Wechseljahren, dachte Carmen mit tiefer Befriedigung und knöpfte sich auf.

Zur gleichen Zeit sagte Frau Görres: Wir haben ja lange Zeit gar nicht gewußt, daß unser Gregor so ein kluger Junge ist. Beinahe hätten wir ihn nicht einmal das Abitur machen lassen.

Das wäre aber sehr schade gewesen! rief Señora Vasquez, und ihr nachträgliches Erschrecken über diese Möglichkeit war vollkommen aufrichtig.

Keine zwei Wochen später waren beide Clans tatsächlich in Amerika: eine spontane Idee. Die Eltern Görres hatten ja ursprünglich erst im Herbst dorthin fliegen wollen, und die Eltern Vasquez hatten vor zwei Wochen noch gar keinen Gedanken an Amerika verschwendet. Aber nun nahm Señora Vasquez die Dinge in die Hand. Koblenz mußte für zwei Wochen ohne Delikatessen auskommen (sie konnte sich nicht vorstellen, daß man in dieser Stadt auch anderswo kaufen konnte). Mit Energie kümmerte sie sich um den Flug, und ums Geld sollten die Görres sich mal keine Sorgen machen. Sie war großzügig, wenn sie jemanden ins Herz geschlossen hatte.

Über weite Strecken wurde es ein Desaster. Gregors Eltern trauten sich erst nach mehrmaligem Zureden, das Gelände der Princeton University überhaupt zu betreten, und in New York standen sie eingeschüchtert zwischen den Hochhäusern herum. Carmens Mutter wollte unbedingt einen Drink im Waldorf Astoria nehmen, wo Gregors Eltern in den Sesseln und vor Scham versanken. Sie fühlten sich fehl am Platze, und so ging es ihnen oft in diesen Tagen. Jedoch war es weniger der Platz als die rastlose Energie von Carmens Mutter, die die Reisegesellschaft unglücklich machte. Fast alles wurde gemeinsam unternommen, und die Tage waren voll. Auch Carmens Vater stöhnte, hatte aber nicht den Mut, seiner Frau die Stirn zu bieten. Carmen wünschte sich nach einer Woche, ihre Mutter möge sich ein Bein brechen. Diesen Gefallen tat sie ihr nicht, aber in den letzten fünf Tagen ihres Aufenthalts wurde sie immerhin das Opfer eines Virus, das sie lahmlegte, und alle konnten endlich Atem holen.

Die Eltern Görres machten mit Señor Vasquez einige Gänge durch den Wald, der dem Institute for Advanced Study gehörte, und Gregor erklärte Carmen die Universität. Er sprach über die große Rolle, die der Sport hier spielte; er zeigte ihr das universitätseigene Museum, in dem Bilder von Rembrandt zu sehen waren und von Picasso und

Warhol; er ging mit ihr in die Bibliothek: eine der
größten Amerikas, erklärte er, vier Millionen Titel;
er versuchte, sie ein wenig mit der Chaos-Theorie
bekannt zu machen, und ab und zu küßten sie sich
unter den neugotischen Arkaden. Er stellte ihr einige seiner Kommilitonen vor, und sie sah auch die
Frauen, von denen sie sich im stillen fragte, ob wohl
die eine oder andere dabei war.

Für die Liebe mußten sie in Carmens Hotelzim-
mer gehen. Mama war natürlich nicht weit, aber
ihre vollständige Entkräftung in den letzten Tagen
löste dieses Problem. Making love in the afternoon,
und am vorletzten Tag fragte er sie, ob sie nicht
nach Amerika kommen wolle, wenn sie fertig sei
mit ihrer Ausbildung. Ich finde bestimmt eine gute
Arbeit, sagte er, und hier ist es doch schön, oder
nicht?

Schön war es allerdings! — und das, was Gregor
gesagt hatte, war ein Heiratsantrag, ohne daß er
vom Heiraten sprach. Sie sagte indes nicht ja und
nicht nein und gab zu bedenken: daß es Sprach-
schwierigkeiten geben könne — aber die Sprache
hatte sie doch gelernt, sogar bei ihm persönlich! —
daß sie selbst auch arbeiten wolle — aber das sei
doch selbstverständlich, gar kein Problem! — daß
es vielleicht nicht so einfach sei, eine Aufenthaltsge-
nehmigung zu bekommen — gar keine Schwierig-
keit! — daß ... mit einem Wort, sie hielt ihn hin und
ließ ihn zappeln, und er zappelte auch beim Abschied und sah nicht sehr glücklich aus. Die Car-

mencita schloß ihn in die Arme, gab ihm einen sehr dicken Kuß und flüsterte: Es wird alles gut, und dies war das unausgesprochene Ja zum unausgesprochenen Heiratsantrag.

IN AMERIKA, wiederholte Simon, als die Chefin gegangen war. Und er selbst? Er selbst fuhr eine Woche später einer anderen Legende entgegen, um Urlaub zu machen, einer Chimäre namens Mitteleuropa. Wien verwirrte ihn. Ständig versuchte er, einen Schritt zurückzutreten, um einen besseren Blickwinkel zu finden, vergeblich. In Budapest war es in diesen Tagen etwas unruhig und überraschend voll, ruhiger schon in Zagreb und Ljubljana. Die beiden letzten Wochen verbrachte er in Triest, der träumerischen, nüchternen, fremdartigen Stadt, die er so liebte und die niemanden zu lieben scheint. Er wohnte in einem kleinen Hotel nahe der Piazza dell' Unita und sah abends vom Fenster auf die kleinen Gruppen von Frauen und Männern herunter, die sich hier zu einem Schwatz trafen. Nachmittags saß er im Café degli Specchi und starrte aufs Meer und den leeren, toten Hafen. An den Vormittagen durchstreifte er das Zentrum, lief den Corso entlang und trank Espresso an einem der kleinen Tische in der Viale xx. Settembre. Sehr geschichtsbewußt waren sie hier, in dieser Stadt, in der die Geschichte endgültig aufgehört zu haben scheint. Manchmal streifte er am Bahnhof herum, wo der Balkan begann. Im Hotel, nach dem Mittagsschlaf und zu Beginn der Nacht, las er die späten Erzählungen des großen Triestiners, die Novellen von Alter und Tod (aber doch auch von der Liebe, nicht wahr?) An Carmen schickte er eine Ansichtskarte.

Eine Ansichtskarte nur, mit den besten Grüßen, und basta. Er machte einen weiteren Versuch, sich die Carmencita aus dem Kopf zu schlagen. In den hellsten Momenten wußte er längst, daß er sie verloren hatte. Und immerhin hatte er sie gehabt, und süße Nächte waren es gewesen, nicht wahr? Konnte er sich damit nicht zufrieden geben, konnte er es damit nicht sein lassen?

Aber Rache hatte er geschworen, damals, nach der letzten gemeinsamen Nacht. Hier fühlte er sich ein wenig müde, das brachte die Stadt mit sich, der Gedanke an Rache erschöpfte ihn. Aber dann sah er am Kanal ein schönes junges Mädchen mit einem schönen jungen Mann, und sein Geist verdunkelte sich, der Racheschwur kehrte zurück, die Carmencita zerrte wieder an ihm.

Was werde ich tun, wenn ich zurück bin? fragte sich Simon, als er am letzten Tage seines Aufenthalts langsam jene Straße entlangfuhr, die man nach dem großen Triestiner benannt hatte, eine Ausfallstraße ins Industriegebiet mit all ihrem Charme. Ich bin gespannt auf meine Handlungen, dachte er, denn er sah diese durchaus als etwas von sich Getrenntes an und gehörte nicht zu jenen naiven Apologeten der Willensfreiheit, die allen

Ernstes glauben, sie könnten wollen, was sie wollen. Was werde ich tun?

ER TAT DAS FOLGENDE.

Montag, den zweiten Oktober, war er zurück im Dienst, und Samstag, den siebten Oktober — der schöne Sommer war vorbei, kühl war es und naß — ließ er sich die Haare schneiden. Gewaschen wurden sie ihm wieder von Nuran, obwohl Carmen aus dem Urlaub zurück war. Einmal lächelte sie ihm sogar zu, hielt sich aber immer so weit von ihm entfernt, daß er sie nicht hätte ansprechen können, ohne Aufsehen zu erregen. Als er fertig war, verschwand sie schnell in die kleine Kaffeeküche, dorthin konnte er ihr schwerlich nachlaufen.

Schlag dir die Carmencita aus dem Kopf!

Einen Monat lang ging Simon ihr erfolgreich aus dem Weg. Entsetzlich war das, schmerzhaft. Ein ganzes Geäst von Orten hatte sich gebildet im Laufe des Sommers, die er nun meiden mußte: den Frisiersalon, die Straße, in der Carmen wohnte, den spanischen Delikatessenladen Vasquez, die Bar, das Eiscafé, vor allem aber auch das Kaufhaus, in dem er sie aus der Not gerettet hatte: eigentlich war die ganze innere Stadt zur verbotenen geworden.

Donnerstag, den neunten November, sah er sie wieder, abends um halb acht. Er hatte sie nicht gesucht, er war einfach durch die Straßen gelaufen, aber nun —

Sie kam direkt auf ihn zu, ohne ihn zu sehen, bis

sie in ihn hineinrannte. Dann erst hob sie den Kopf, wollte fluchen, sagte dann aber nur: Ach, Sie sind es.

Sie! Kein Simonito, nicht einmal Simon, einfach nur Sie! Sie Archivoberrat!

Carmen sah sein entgeistertes Gesicht und lachte dann: Entschuldige, ich war in Gedanken, und du hast mich so erschreckt. Vor einem Tor standen sie, das auf einen großen, von Mauern umgebenen Hof führte. Carmen drückte die Klinke herunter, und das Tor gab nach.

Das hätte ich nicht gedacht, es ist nicht verschlossen. Hier bin ich zur Schule gegangen, erklärte sie. Sie machten ein paar Schritte auf den Schulhof.

Danke für die Karte aus dem Urlaub, sagte Carmen. Ich hätte dir eigentlich auch mal schreiben sollen. Ich war nämlich in Amerika.

Ich weiß, sagte Simon sehr leise.

Bald gehe ich ganz dorthin, sagte sie.

Simon nickte.

Ich heirate bald, informierte sie ihn weiter.

Simon nickte wieder.

Hier habe ich ihn kennengelernt, auf der Schule –

Simon nickte noch einmal. Und er ist ein Superhirn, sagte er, und man hat ihn nach Amerika geschickt, und dort steht ihm eine glänzende Karriere bevor –

Stimmt genau, sagte Carmen, und du brauchst das gar nicht so gehässig zu sagen.

Sie standen direkt voreinander. Carmen hatte die Fäuste in die Hüften gestemmt, und Simon legte ihr die Hände auf die Schultern und fragte: Carmencita, liebst du mich nicht mehr? Sie antwortete nicht, wehrte sich aber auch nicht gegen seine Berührung, bewegte sich nicht. Langsam wanderten seine Hände weiter zu ihrem Gesicht, streichelten ihre Wangen, dann suchten sie den Weg nach unten und strichen noch einmal über ihren Busen, dann legte er sie an ihren Hals, sie schlossen sich darum, und er begann zuzudrücken: ruhig, stetig, mit wachsender Kraft.

Sie wehrte sich noch immer nicht, sie brauchte einige Sekunden, um zu begreifen. Auch Simon verstand nicht sofort, was er tat. Dann lockerte er den Griff, ließ sie endlich ganz los und fragte: Carmencita, hast du mich jemals geliebt?

Sie sah ihm direkt in die Augen, und er konnte den Ausdruck abgrundtiefer Angst auf ihrem Gesicht sehen. Das schmerzte ihn. Er wollte ihr doch keine Angst einjagen, der wunderbaren Frau! Statt zu antworten, hob Carmen das rechte Knie – das entzückende Knie! – und rammte es mit aller Wucht in die Stelle, an der es besonders weh tut. Simon krümmte sich und schrie, und sie begann ebenfalls zu schreien, weil ihr erst jetzt das ganze Ausmaß der Gefahr klar wurde, in der sie sich befunden hatte: hohe, schrille Schreie wie damals im Kaufhaus, und dann, immer weitere Schreie ausstoßend, lief sie aus dem Schulhof auf die Straße, und Simon, der nicht mehr schrie, aber immer noch stöhnte vor Schmerz, hörte den Rhythmus ihrer roten Schuhe auf dem Pflaster. Nicht einmal richtig zudrücken kann ich, dachte er, nicht einmal das.

NEUNTES KAPITEL

in dem rein gar nichts geschieht

NIEMAND hatte etwas gesehen oder gehört. Die Menschen saßen ja zu Hause vor dem Fernsehapparat an diesem Abend, denn in der Welt ereigneten sich große Dinge, die Simon erst später, viel später verstand. Die Szene auf dem Schulhof wäre so für immer das Geheimnis von Carmen und ihm geblieben, hätte nicht fast zwei Jahre später Carmen Vasquez, die nicht mehr Vasquez hieß, auf einer amerikanischen Terrasse in einem wunderschönen amerikanischen Indianersommer ihrem Mann davon erzählt.

Eigentlich hat er mir bald danach recht leid getan, sagte sie zum Abschluß ihrer Erzählung. Ich glaube sogar, ein bißchen habe ich ihn geliebt, auch wenn ich im Grunde immer nur dich wollte.

Sie erfreute sich sichtlich an dem schönen Nachmittag im späten September: eine erwachsene Frau jetzt, und übrigens schöner als jemals zuvor.

Wenn du immer nur mich wolltest, fragte Gregor, warum hast du dich dann mit ihm eingelassen? Er hatte soeben von Simons Existenz zum ersten Mal gehört, und eine gewisse Unruhe konnte er nicht unterdrücken.

Ganz einfach, mein Lieber, erklärte sie: Du warst nicht da. Und er war dir viel ähnlicher, als du vielleicht glauben magst. Wärest du nicht zur rechten

Zeit zurückgekommen, wer weiß? Aber ich wüßte doch gern, was aus ihm geworden ist.

NUN, was sollte aus ihm geworden sein? Ein sehr trauriger Mann zunächst, der plötzlich zur Fettleibigkeit neigte und nach Dienstschluß stundenlang auf einer Bank am Rhein saß und vor sich hin starrte. Als die Scham über seine letzte Begegnung mit Carmen ihn zu erwürgen drohte, hat er Koblenz verlassen und ist in eine große Stadt rheinabwärts gegangen, wo er am Stadtarchiv arbeitete. Man hat darüber natürlich den Kopf geschüttelt, weil es sich um einen freiwillig gewählten Abstieg handelte. Die große Stadt hat Simon aber gut getan. Auch dort sieht man ihn manchmal auf einer Bank am Rhein sitzen und den Schiffen und Menschen nachsehen, aber nicht traurig, sondern einverstanden mit allem, was geschehen war und geschah.

Vor kurzem hat er sich Carmens amerikanische Adresse besorgt und ihr einen Brief geschrieben. Darin hat er sich für die schöne Zeit bedankt, ihr alles Glück der Welt gewünscht und sie um Verzeihung gebeten. Die Carmencita hat sie ihm großzügigen Herzens gewährt, und in ihrer Antwort hat sie ihn wahrhaftig noch einmal Simonito genannt.

INHALT

JOCHEN SCHIMMANG IN DER FRANKFURTER VERLAGSANSTALT

Die Geistesgegenwart
Roman
212 Seiten. Schön gebunden
Fadenheftung
ISBN 3-627-10056-5

»Diskretion, so scheint es, ist Verpflichtung nicht nur seinem fiktiven Detektiv auf der Spurensuche, sondern auch dem Autor selbst: gerade aus dem Widerspruch zwischen natürlichem Mitteilungsbedürfnis und dezenter Zurückhaltung nämlich gewinnen Schimmangs Texte ihre merkwürdige Spannung, die den Leser – unmerklich zunächst und dann immer stärker – in Bann zieht und bis zum Ende nicht mehr losläßt.«
Frankfurter Allgemeine Zeitung

»Die aus allen Texten Schimmangs wohlvertraute Melancholie drapiert sich hier mit einer sprachlichen Leichtigkeit, der überall der Schalk durchs Gewand schaut. Das fünfte Buch des Autors lotet nicht nur auf vergnügliche Art Tiefen und Untiefen eines wohlfeilen Genres aus, sondern wird durchaus der Forderung des Altmeisters Raymond Chandler gerecht, wonach ›eine Detektivgeschichte... (auch) als Roman auf eigenen Füßen zu stehen‹ habe. Wir dürfen also gespannt sein.«
Süddeutsche Zeitung

»Ein Roman mit einem Privatdetektiv in der Hauptrolle, aber doch kein Kriminalroman. Dessen Gesetzmäßigkeiten werden von Schimmang ironisierend, parodierend und mit einfallsreichen Wendungen des Geschehens unterlaufen. Dieser elegante Roman spiegelt in seiner Schreibweise ganz vortrefflich die vornehme Zurückhaltung, die seinen Helden so sympathisch macht.«
Hannoversche Allgemeine Zeitung

Das Vergnügen der Könige
Erzählungen
168 Seiten. Schön gebunden
Fadenheftung
ISBN 3-627-10055-7

»Jochen Schimmangs Texte leben von einer unaufdringlich in der Klarheit von Stil und Erzählduktus gelösten Geistigkeit. In dieser Sparsamkeit und Verinnerlichung seelischer Regungen liegt ein künstlerisches und menschliches Potential, dem man gern häufiger begegnen würde.«
Neue Zürcher Zeitung

»Wo sie sich eingerichtet haben, sind Schimmangs Menschen nicht zu Hause. Die Sinnlichkeit der Wörter dringt in ihr ungelebtes Leben und hinterläßt dort, wenigstens für Augenblicke, eine Ahnung von Wirklichkeit. Sie werden also noch gebraucht, die Erzähler.«
Süddeutsche Zeitung

»Wir können es kurz machen und zusammenfassen, daß Jochen Schimmangs Erzählungen nicht nur außerordentlich klug, sondern auch rundrum geschliffen sind.«
Nürnberger Nachrichten